O GUARDIÃO

UM CONTO DE TERROR AMBIENTADO EM UM FUTURO PRÓXIMO

IAN TAYLOR

ROSI TAYLOR

Tradução por
LUIZ HENRIQUE MELO

CAPÍTULO UM

Low Moor era uma aldeia de quarenta cabanas geminadas alugadas, que tinham a forma de uma vesica piscis em torno da área verde da aldeia. As cabanas eram habitadas inteiramente por famílias locais, nenhuma das quais jamais havia saído, mas haviam passado seus arrendamentos por gerações sucessivas, desde que alguém pudesse se lembrar. Seu senhorio era a Igreja da Inglaterra e os aluguéis eram comparativamente baixos, como resultado, era uma comunidade onde as mudanças eram mínimas.

Todas as cabanas da aldeia tinham grandes jardins, onde os inquilinos cultivavam legumes e frutas e criavam o gado. O maior jardim do extremo leste da área verde da aldeia era o jardim murado que pertencia ao vicariato. Seu gramado bem aparado era cercado por árvores nativas adultas - principalmente carvalhos e bétulas - e arbustos floridos. Um lance de degraus de pedra subia do gramado da frente para uma varanda pavimentada, cercada por balaústres de pedra bem torneados que sustentavam uma balaustrada da mesma pedra e urnas ornamentais. A impressão não era de opulência, mas de considerável status e aspirante a gentileza.

Além da varanda, o vicariato vitoriano de pedra de arenito de três andares era escuro o silencioso sob seu pesado telhado de laje. Em contraste com o jardim bem cuidado, a casa tinha a aparência de um lugar recentemente abandonado, impressão sugerida por uma janela quebrada no primeiro andar e cortinas caídas soltas em seus corredores. A enorme porta da frente de carvalho, sob seu pórtico com colunas, estava profundamente marcada pelo tempo e a hera descontrolada se amontoava na fachada e pendia da calha em tufos emaranhados. Sua aparência visual se somava à atmosfera de abandono e decadência incipiente do edifício.

Uma pequena cabana construída em pedra ficava no canto sudeste do jardim, delimitada nos dois lados internos por sebes baixas e roseiras. No lado leste do vicariato havia uma horta bem abastecida. Na parte de trás havia um pátio de paralelepípedos com antigas cordilheiras de pedra, usado principalmente no passado como estábulo. A oeste, havia um curto caminho de cascalho que saía de um imponente portal com pilares de pedra e altos portões de ferro forjado.

Era um vicariato típico de seu período: grande, austero e um pouco ameaçador.

Uma figura alta com colarinho clerical, vestida inteiramente de preto, incluindo um chapéu antiquado no estilo de pregador, subiu o caminho dos portões de entrada de ferro forjado. A figura carregava um cajado de ébano firmemente preso ao ombro direito. Um símbolo de roda solar mostrando os pontos cardeais e os quartos cruzados ocupava a curva na ponta do cajado.

Aos 60 anos, o Reverendo Julius Dodds era um homem que projetava um ar de autoridade absoluta. Sua altura de um metro e noventa e cinco era intimidante o suficiente. Adicione uma juba elegante de cabelo cinza-aço, olhos do azul mais frio que raramente piscavam e uma voz cujo poder e ressonância podiam encher uma catedral, você tinha um homem acostumado a fazer o que quer. Até o bispo se sentia reduzido em sua presença. Julius Dodds era um homem que afastava os obstáculos como um jardineiro pode espantar moscas de verão.

Quatro monges, jovens, louros e estranhamente inexpressivos, vestidos com hábitos marrom-escuros, seguiam Dodds até a porta do vicariato. Eles ficaram atrás dele enquanto ele trovejava na porta com seu cajado, como se quisesse quebrar o carvalho gasto pelo tempo em lascas.

"Reverendo Oliver" - gritou Dodds - "você deve atender a porta! Se não atender, entraremos na casa!"

Michael Oliver, o vigário de quarenta anos, de cabelo rebelde, com a barba por fazer e sem lavar, estava preocupado demais para prestar atenção à convocação de Dodds. Ele estava perseguindo Olwen Williams, uma beldade local da aldeia vizinha de Walden, em torno de seu quarto, apenas de cueca. Era um ritual que eles praticavam na maioria dos dias.

"Ah, Olwen, você é tão cruel", gritou o vigário, "deixe-me tocar seus lindos seios, só por um momento, você sabe como eles me excitam!"

Olwen riu e tirou suas roupas. "Você deve fazer algo por mim primeiro, meu belo padre. Ajoelhe-se!"

O vigário obedeceu. "Ah, Olwen, deixe-me beber de sua fonte infinita de vida!"

Ela agarrou seu cabelo e pressionou sua cabeça entre as pernas. "Beba, padre! E renasça!"

Momentos depois, eles se jogaram na cama em um abraço selvagem...

Dodds continuou a martelar a porta danificada. "Estou pedindo de novo, Reverendo Oliver. Venha até a porta ou vamos abri-la nós mesmos!"

No quarto, Olwen e o vigário, suando muito, se separaram.

"Toc toc! Quem está aí, em nome de Belzebu?" O vigário riu, citando o Porteiro de *Macbeth*.

O trovão na porta veio novamente.

"Toc toc! Quem está aí, em nome do outro diabo?"

"Você não quer saber quem é?" Olwen perguntou, correndo os dedos ao longo das coxas do vigário. "Pode ser importante."

O vigário olhou para ela como um adolescente apaixonado. "Nada é mais importante do que isso. Estar aqui com você. Você é minha vida, você sabe que é."

Dodds bateu na porta.

"Toc, toc! Este é realmente o portão do inferno!" O vigário rolou para fora da cama. "Vou me livrar deles e já volto." Ele vestiu a camisa e a calça e saiu correndo do quarto.

Quando ele foi embora, Olwen se transformou de sua sedutora em seu arquétipo maternal e saiu da sala. Seu amante de longa data Gareth a encontrou no patamar.

"É o Dodds", ele disse.

"Eu sei. Vamos assistir do jardim."

Eles desceram correndo as escadas dos fundos e saíram para o quintal.

Os caseiros da obra assistencial da igreja de Low Moor, um casal de sessenta e poucos anos, surgiram da cabana da esquina: Arthur Hall, magro e castigado pelo tempo, e sua esposa Beryl, atarracada e forte.

Eles pareciam preocupados enquanto corriam pelo gramado em direção a Dodds e seus monges perto da porta do vicariato.

"O que está acontecendo?" Beryl perguntou ansiosamente.

"Algum problema, Reverendo Dodds?" Arthur perguntou.

Dodds olhou para eles com frieza. Arthur e Beryl olharam para baixo, intimidados.

"A chave reserva, por favor", Dodds exigiu.

Sem uma palavra, Arthur entregou uma grande chave de ferro. A um sinal de Dodds, um monge conduziu-os de volta à sua cabana.

"Voltem para sua casa", entoou o monge sem rodeios, mas com firmeza. "Não há nada de seu interesse aqui."

Arthur e Beryl se viraram tristes. Eles ficaram parados na porta da cabana, observando apreensivos enquanto Dodds inseria a chave e destrancava a porta do vicariato. Os quatro monges o seguiram para dentro da casa.

Uma ampla escadaria com painéis de carvalho conduzia ao hall de entrada com lajes de pedra. As paredes da escada e o patamar acima estavam cobertos de pinturas: uma dúzia de cenas escuras de charnecas cheias de uma estranha energia rodopiante, que lembra um pouco o trabalho de Edvard Munch. Rochas antropomórficas sinistras ocupavam o primeiro plano. Dodds fez uma careta para as pinturas com repugnância óbvia.

Michael Oliver apareceu no patamar. Ele olhou para Dodds e seus monges com indignação.

"Como você se atreve a entrar aqui? Saia da minha casa, Julius Dodds - e leve seus capangas marrons com você!"

Dodds ignorou as palavras do vigário. Ele se virou para os monges. "Peguem-no!"

Os quatro monges pularam escada acima e agarraram o vigário, jogando-o no chão.

"Você não pode fazer isso! Você não tem autoridade!" o vigário gritou em furioso desespero.

O olhar de ira gélida de Dodds o reduziu ao silêncio. "Você é uma vergonha para o pano, Reverendo Oliver! O bispo solicitou sua remoção. Tragam-no para baixo!"

Os monges acompanharam o vigário escada abaixo. Seu prisioneiro lutava em vão para se libertar. "Não! Não! Me deixem ir!"

Dodds ignorou os gritos do vigário. Os monges trouxeram o infeliz homem ao saguão de entrada e o colocaram diante de Dodds. Mesmo o vigário indignado foi incapaz de responder o olhar dominador do homem.

"Você zombou de sua vocação. Você permitiu que *aquela bruxa* profanasse esta instituição sagrada. Eu estou oficialmente removendo você do cargo. Levem-no embora!" Dodds acrescentou como uma reflexão tardia: "Dois de vocês fiquem e se livrem dessas pinturas vis."

Dois monges arrastaram Michael Oliver até a porta. Os outros começaram a remover as pinturas das paredes. Dodds olhou com uma satisfação sombria, depois deu meia-volta e saiu da casa.

Os dois monges empurraram seu prisioneiro pelo caminho em direção aos portões de ferro forjado e a uma Mercedes Van à espera. Eles não prestaram atenção aos gritos do ex-vigário. Dodds os seguiu, imerso em seus pensamentos.

Um ligeiro movimento entre os arbustos do jardim revelou Olwen, com seus longos cabelos escuros e pele pálida, observando triunfantemente enquanto Michael Oliver, chorando agora, era levado embora...

Um dos monges fez uma fogueira no extremo norte da horta, próximo à parede do antigo estábulo. Ele preparou uma base sólida de gravetos, sobre a qual jogou as pinturas uma de cada vez. Seu companheiro carregou mais pinturas da casa e as colocou prontas para serem lançadas no fogo.

Enquanto isso, no quintal nos fundos do vicariato, Olwen e seus companheiros, a sensual Rhiannon, Gareth de cabelos escuros, Rhys de pele clara e Gwenda com sua cabeça de cachos ruivos, montaram novas pinturas e as carregaram para dentro de casa através da porta dos fundos. As pinturas revelaram cenas de charnecas semelhantes, com rochas antropomórficas sinistras em primeiro plano. Olwen e seus amigos riram, sombriamente entretidos.

Eles encostaram as pinturas na parede de um sótão vazio na extremidade leste da casa e as cobriram com um lençol de proteção. Eles olharam pela janela, que dava para os dois monges cuidando do fogo na horta.

"Perdemos um vigário", disse Gwenda com pesar fingido. "O pobre homem chorava pelas alegrias que deixou para trás."

"Em breve teremos outro", comentou Rhys. "Dodds faz John Knox parecer um maricas. Ele nunca vai desistir."

"Vamos torcer para que o próximo vigário seja tão prestativo quanto o querido Olly!" O comentário de Rhiannon fez todos rirem, mas sua brincadeira despreocupada foi desmentida pela expressão de propósito sombrio em seus olhos.

"Que divertido!" Gareth anunciou, olhando para os monges. "Dodds nos deixou um joguinho para brincar."

"Aposto que seus ciborgues não podem pagar seguro de vida!" Rhiannon riu.

Abrindo a janela, eles respiraram fundo e sopraram com força em direção ao fogo. Os monges sufocaram com as nuvens repentinas de fumaça da fogueira e agarraram suas gargantas. O fogo saltou sobre eles como um ser vivo, agarrando-se a eles como napalm. Os hábitos dos monges rapidamente começaram a queimar.

Olwen e seus companheiros continuaram a soprar da janela aberta.

Arthur e Beryl, segurando cobertores, correram de sua cabana em direção ao fogo. Eles tentaram sufocar os monges em chamas, que se contorciam e gritavam em agonia crescente.

"Rápido, Beryl! Pegue mais cobertores!" Arthur pediu em desespero.

"Deus nos ajude!" Beryl correu de volta para a cabana em pânico.

Não importa quantos cobertores Beryl trouxesse, o fogo os devorava em questão de segundos. Era como se as chamas estivessem possuídas por um espírito feroz que era impossível subjugar. O calor tornou-se muito intenso para os caseiros da igreja suportarem.

"Volte!" Arthur gritou. "Não adianta!"

Arthur e Beryl se afastaram do fogo, agarrando-se apavorados.

O fogo consumiu os monges. Eles gritaram e caíram no

chão, reduzidos a resíduos carbonizados, como vítimas de um ataque de foguete.

O som da risada de Olwen flutuou pelo jardim com o vento.

CAPÍTULO DOIS

Em uma sala espaçosa e bem equipada do palácio do bispo, Julius Dodds tomou chá com Hugh Mortimer, o bispo, um homem um pouco mais jovem, com cabelos curtos e grisalhos, cujas feições sensíveis apresentavam sinais de irritação. Os dois homens tomaram chá em xícaras de porcelana com padrão de rosas. Nenhum dos dois falou por algum tempo. Dodds franziu a testa ligeiramente, pensativo. O bispo o observou com uma pitada de impaciência.

"As paróquias de Low Moor e Walden, meu Senhor Bispo." Dodds começou finalmente em um tom formal carregado de reflexão prolongada.

O bispo estremeceu. Ele não gostava de formalidades e não tinha intenção de empregá-las agora. Ele percebeu que eram a maneira de Dodds mantê-lo à distância. "De fato. Paróquias tão problemáticas, Julius. Precisamos encontrar uma solução permanente."

Dodds estudava suas mãos grandes. Ele gostava de manter esse bispo em particular esperando. As formalidades foram abandonadas cedo, ele notou, então não havia nada a ganhar em usá-las posteriormente. Por fim, ele recostou-se na cadeira e

9

encontrou o olhar do bispo. "Bem, Hugh, você ficará satisfeito em saber que tenho um novo vigário em mente para elas."

O bispo desviou o olhar. Ele odiava aqueles olhos frios. Embora tivesse ocupado seu cargo por apenas dois anos, ele passou a não gostar de tudo em Julius Dodds, exatamente o oposto de seu antecessor, que não tinha nada além de elogios para o homem. Ele achava Dodds arrogante e reservado, com uma atitude que lembrava vagamente dos fanáticos da Inquisição.

Onde ele recrutou seus monges de manto marrom? Qual era o propósito deles? Para quem ele realmente trabalhava? Ele havia tentado muitas vezes sondar sem resultado. Julius Dodds era tão impenetrável quanto uma parede de pedra arenosa.

O bispo ergueu uma sobrancelha inquisitiva. "Ah, você tem? Você tem certeza de que ele tem as qualidades certas? Ele pode atrair aqueles locais recalcitrantes de volta ao rebanho?"

Dodds estudou o bispo com seu olhar fixo. "Ele tem uma mente forte. Devoto. Puro de espírito."

O bispo duvidou que Dodds fosse o melhor juiz das qualidades espirituais. Mas, pelo menos provisoriamente, ele teve que aceitar a avaliação do homem. Logo ficaria claro se ele estava certo.

"Bem, esperemos que continue assim, Julius." Ele acrescentou como uma reflexão tardia. "Em todas as três acusações."

"Eu confio nele." Dodds sabia que o bispo não desejaria nenhum envolvimento direto na nomeação de um novo titular para essas paróquias em particular. Os bispos anteriores sempre deixaram essas questões difíceis para o solucionador de problemas da Igreja. Dodds se perguntou, com impaciência crescente, quantas banalidades ele teria de suportar antes de poder voltar ao trabalho. Para ele, o negócio estava resolvido.

"Devemos rezar para que o novo homem lide melhor do que o Reverendo Oliver. E todas as pobres almas que trabalharam em vão antes dele. Perdemos tantos homens bons nessas paróquias. É hora de encontrarmos um titular com o senso de missão para resolver o problema."

"Este aqui tem uma esposa."

"Ah, apoio moral. Isso é bom." O bispo deu um sorriso esperançoso, mas em particular ele se perguntou se alguma esposa duraria muito em um ambiente tão desafiador. "Com a graça de Deus -"

Dodds o interrompeu. "Sim... bem, Hugh, achei que você gostaria de ser informado com prioridade."

O bispo se irritou. O homem era impossível! "Na verdade, Julius, considero seu dever me dizer tudo o que considera relevante em relação a novas nomeações para essas paróquias."

Dodds lançou ao bispo um olhar de desdém. Ele não se dignou a responder.

O bispo se sentiu irritado novamente. Como o homem ousa obrigá-lo a perguntar? "Os nomes deles, Julius, se você for gentil. Vou orar por eles."

"Paul e Sarah Milton", Dodds respondeu. "Eles têm trabalhado com muito sucesso no sul de Londres."

"Low Moor e Walden serão um grande choque cultural, você não acha?"

"Eu escolhi o homem certo", disse Dodds friamente. "Tenho certeza de que ele vai prevalecer."

* * *

Blocos de apartamentos gastos e lojas fechadas com tábuas se alinhavam em ambos os lados da rua. Uma igreja e um salão de igreja ficavam no meio do caminho. Alguns carros passaram assobiando na chuva implacável. Meia dúzia de pedestres correram para o salão.

O interior do salão, embora monótono, era quente e bem iluminado. Paul Milton, o vigário de trinta anos, com uma bela aparência juvenil sob seus cachos castanhos, estava em um estrado com sua esposa Sarah, uma delicada rosa inglesa.

John, um jovem vigário negro, esperou de lado, observando Andy, o caseiro da igreja, enquanto ele brevemente tomava a palavra.

"Amigos - estamos aqui para dizer um triste adeus ao nosso amado vigário, o Reverendo Paul e à sua querida esposa, Sarah. A igreja voltou à vida desde que se juntaram a nós. Graças a eles, somos uma verdadeira comunidade novamente. Todos encontraram aqui um lar acolhedor, independentemente das suas origens culturais ou da cor da sua pele. Somos uma família de iguais, ninguém é mais igual do que os outros!"

A aglomeração mista de sessenta pessoas carentes vibrou e aplaudiu.

"Certamente somos!" gritou uma séria mulher branca de meia-idade.

"Agradeça a Deus pelo Reverendo Paul!" uma mulher negra entusiasmada gritou.

"Sentiremos saudades de vocês dois", Andy continuou, "mas desejamos-lhes boa sorte em seu novo desafio."

Paul ergueu as mãos para acalmar a onda de aplausos. "Vocês são pessoas maravilhosas! Nunca esqueceremos nossos três anos aqui. Esperamos ter feito a diferença em suas vidas, como certamente fizeram na nossa."

"Sim, cara! Sim! Nós te amamos, cara!" um jovem negro entusiasmado gritou.

A sala foi preenchida com aplausos prolongados.

Paul sinalizou para o jovem vigário negro, que se adiantou para ficar ao seu lado. "Eu gostaria de apresentar o Reverendo John, que continuará o trabalho. Por favor, deem a ele seu apoio incondicional."

Todos na sala aplaudiram e incentivaram. Sarah se sentou ao piano.

"Vai ser um ato difícil de seguir." O Reverendo John sorriu

para sua nova congregação. "Mas, com a ajuda de Deus - e a sua - nós faremos isso. Juntos!"

A sala se encheu com gritos de *Sim! Estamos com você, cara! Juntos!*

Sarah tocou um cântico moderno. Paul e John lideraram a congregação na cantoria.

* * *

O envelhecido Ford Fiesta de Paul, com o banco traseiro cheio de caixas e malas, subia pela rodovia em meio ao tráfego intenso. Placas apareceram para *O Norte, York, Leeds.* Paul, vestido com colarinho clerical e terno escuro, estava ao volante. Sarah, em um elegante traje pastel, ergueu os olhos de um mapa rodoviário.

"Então, não temos congregação na igreja de Low Moor? O vilarejo é só para férias?"

"Nem um pouco. O Reverendo Dodds disse que todas as casas são ocupadas por moradores." Ele fez uma careta de perplexidade. "Mas, apesar disso, aparentemente não temos nenhum adorador. O Rev D disse que o vigário anterior, Michael Oliver, ficou doente e não foi capaz de cumprir suas obrigações. Tive a impressão de que sua congregação simplesmente se afastou."

"O que havia de errado com o pobre vigário?"

"O Rev D não entrou em detalhes. Ele apenas disse que os moradores estavam mais interessados em cuidar de seus jardins do que em ir à igreja."

"Então, eles precisam ser animados novamente."

"Boa palavra! Sim, eles precisam ser despertados."

"Bem, o que poderia ser mais difícil do que nossa conquista em Londres? Tanto a igreja quanto o salão da igreja estavam fechados quando chegamos."

"Não consigo imaginar nada mais difícil do que isso. Mas

este será um tipo de lugar muito diferente." Ele ficou em silêncio, estudando seu espelho enquanto puxava para ultrapassar um caminhão lento. "Eu simplesmente não consigo entender por que o Rev D não nos ofereceu outra paróquia urbana. Afinal, essa é a nossa formação."

"Talvez esta nomeação seja uma forma de agradecimento pelo árduo trabalho dos últimos três anos, com não mais do que uma dúzia de dias de folga para visitar nossas famílias."

"Rev D não me pareceu um homem que gostava de agradecimentos. Mas você pensaria que haveria outros vigários mais adequados, que tiveram anos de experiência na vida no campo."

"Você está começando a ter dúvidas?"

"Não... não realmente. Eu simplesmente não consigo entender o pensamento do Rev D. Vou precisar de um conjunto de habilidades completamente diferente de Londres - nada de celebrações felizes aqui em cima! Uma abordagem muito mais sóbria será o melhor caminho a seguir."

"Tenho certeza de que você vai conseguir! E estarei lá para ajudá-lo."

"Tem certeza de que não vai se sentir sozinha, presa na selva?"

Ela riu. "Estarei ocupada - com um emprego de tempo integral apoiando meu marido maravilhoso!"

"Estou tão feliz por ter você", ele deu a ela um sorriso radiante. "Nós os teremos de volta à igreja dentro de seis meses!"

Eles saíram da rodovia e entraram imediatamente em um terreno mais íngreme. Penhascos escarpados se erguiam à frente deles, coroados por franjas selvagens de árvores açoitadas pelo vento. Uma cachoeira ocasional caía em cascata sobre a borda, brilhando como joias ao sol.

"Sabe, esta pode ser a nossa chance de começar uma família." Sarah sorriu brilhantemente para os campos e bosques que passavam. "Estamos casados há quase quatro anos. As pessoas em Londres estavam perguntando se estávamos planejando isso."

"Se Deus quiser" Paul respondeu um pouco tenso. "Afinal, é nosso dever sagrado."

"Eu não quero Deus na cama comigo, Paul - eu quero você!" ela respondeu com irritação.

Houve um momento de tensão entre eles.

"Acho que devemos nos acostumar com nossas novas paróquias antes de decidirmos sobre isso", afirmou ele com firmeza.

Ela continuou como se ele não tivesse falado. "A vida na aldeia será muito mais saudável para os pequenos, não é?"

"E para você também", respondeu ele com um olhar preocupado. "Esse é um dos motivos pelos quais aceitei a nomeação."

"Estou melhor agora", ela insistiu. "Você sabe que estou. Superei completamente a morte da mamãe. Mas obrigada de qualquer maneira por pensar em mim."

Ele olhou para ela em dúvida, mas optou por não discordar. Seu temperamento altamente tenso havia se tornado muito mais frágil nos doze meses desde a morte de sua mãe. Ele não queria uma discussão - isso seria um péssimo começo para o que ele esperava que fosse uma revigorante designação rural.

O Fiesta movia-se lentamente entre campos agrícolas e bosques à medida que gradualmente subia, em estradas estreitas, em uma paisagem acidentada de campos íngremes com paredes de pedras soltas e blocos de floresta rochosa. Enquanto eles dirigiam sobre o topo de uma colina, a vista de repente se abriu.

"Veja só isso!" ela exclamou.

À frente deles, os altos horizontes das charnecas se estendiam ao longe. Nas encostas mais baixas, a urze havia florescido, formando uma extensão roxa brilhante. Ele parou para que eles pudessem apreciar a vista.

Eles ficaram sentados por um momento em um silêncio absorto.

"Como é que alguém pode ter problemas com vistas como esta na entrada?" ela se perguntou em voz alta. "Certamente eles elevam o espírito?"

"Talvez algumas pessoas infelizes tenham muito pouco espírito sobrando para serem erguidas por qualquer coisa", ele meditou. "A má saúde e a decepção podem afetar qualquer pessoa em qualquer lugar."

"Mas não deveríamos ter esse tipo de problema em Low Moor. Essas são questões que deixamos para trás."

"Mas ainda não devemos ser complacentes. Os locais podem ser mais difíceis de reconquistar do que pensamos. Eles podem ter se acostumado a uma vida sem Deus. Eles podem pensar que podem levar uma vida gratificante sem Ele. Mas isso é impossível. Ninguém pode levar uma vida significativa sem Deus. Devo liderar essas pessoas pelo exemplo."

"Só não fique muito fanático", ela avisou. "As pessoas precisam de amor também."

* * *

Eles dirigiram mais fundo nas charnecas, seguindo pistas sinuosas acima das quais as encostas cobertas de urze se estendiam. Depois de mais meia hora de viagem, eles entraram em um vale com lados íngremes e quase imediatamente encontraram a placa da aldeia *LOW MOOR* ao lado da estrada. A placa estava rodeada por uma borda de flores de verão.

Cabanas geminadas construídas em pedra ficavam atrás do gramado da vila, através do qual um riacho vivo fluía, atravessado por várias pequenas pontes. Parecia um cartão postal perfeito.

Aldeões de todas as idades trabalhavam em seus jardins, cuidando das frutas e flores. Eles olharam desconfiados enquanto Paul e Sarah passavam. Paul acenou e sorriu para as pessoas mais próximas da estrada. Mas, embora não pudessem deixar de vê-lo, não houve um único reconhecimento amigável.

"Recepção impressionante!" Ele fez uma careta. "Tem que conseguir um labrador e galochas verdes, então talvez eles falem comigo!"

"Você vai conquistá-los de volta." Sarah acenou e sorriu para os aldeões indiferentes. "Você é o melhor vendedor de Deus que eu conheço!"

Eles riram.

"Olha", ela exclamou, "aí está a nossa igreja!"

Eles avistaram uma torre normanda atarracada, construída na pedra de arenito local, através das folhas dos carvalhos circundantes, que crescia dentro da parede ao redor do extenso cemitério da igreja.

"E aí está a nossa casa. Meu Deus, é enorme!"

Desde que o Reverendo Oliver partiu, o vicariato foi recuperado e arrumado. A janela quebrada foi consertada e as cortinas penduradas novamente. A hera havia sido aparada de volta e a porta da frente desfigurada foi repintada. As luzes estavam acesas nos quartos do andar térreo. A impressão de abandono e decadência parecia ter sido expulsa como invasores indesejados.

Os portões de ferro forjado estavam totalmente abertos, então eles seguiram pelo curto caminho de cascalho. Arthur e Beryl Hall, vestidos com elegância, ficaram ao lado do pórtico com colunas. O Reverendo Dodds, em seu chapéu preto, esperava com impaciência contida, um pouco afastado deles.

Paul e Sarah desceram do carro. Dodds os cumprimentou com um aperto de mão.

"Estou feliz em vê-lo, Reverendo Milton." Ele lançou um olhar de aprovação sobre Sarah. "E sua encantadora esposa."

Ele se virou para Arthur e Beryl. "Estes são os caseiros da sua igreja. Também jardineiros, cozinheiros e pessoal de manutenção geral. A ajuda deles vai permitir que você tenha tempo para se concentrar em seu trabalho."

Arthur e Beryl se apresentaram e apertaram as mãos de Paul e Sarah. Paul percebeu que os Halls pareciam inquietos na presença do Reverendo Dodds.

Arthur apontou para sua cabana. "Nós estamos logo ali, sempre que você precisar de nós, Reverendo Milton."

"Por que você não fica à vontade, Sarah?" Beryl perguntou. "Você vai se cansar. Vou colocar a chaleira no fogo."

Sarah, Beryl e Arthur foram para o vicariato. O Reverendo Dodds entregou a Paul um grande molho de chaves. Ele olhou para a igreja e o cemitério além da parede sul do jardim do vicariato.

"As chaves da Igreja de Todos os Santos. Nunca a deixe destrancada."

"Ladrões, Reverendo Dodds? Aqui?" Paul perguntou surpreso.

"Nós temos nossa cota de... indesejáveis." Dodds respondeu sem elaborar: "Você vai encontrá-los."

Paul encontrou o olhar de Dodds. "Por que me escolher para este lugar? Sou uma pessoa urbana. O mais perto que cheguei do campo é o jardim dos meus pais em Oxford!"

O Reverendo Dodds estava acostumado a que as pessoas o tratassem com deferência, mas esse jovem era uma rara exceção. Seu novo ocupante o encarou com força e não se desviou de seu olhar. "Eu entendi que você gostava de um desafio?" ele disse finalmente. "Bom, você vai ter um aqui."

"Você tem as chaves da igreja da minha outra paróquia?" Paul perguntou.

"A igreja de St Martin na paróquia de Walden está em ruínas. Você não precisará de nenhuma chave para isso."

"Então, a paróquia de Walden não tem uma igreja ativa e nenhuma população?"

"Há uma espécie de comunidade lá em cima", declarou Dodds depreciativamente. "Você vai conhecê-los."

Ele se virou e começou a caminhar em direção aos portões de ferro forjado. Paul se apressou atrás dele.

"Você pode me contar mais sobre o tipo de desafio que enfrentamos aqui? Acho que é importante me preparar. Não é?"

O Reverendo Dodds havia alcançado os portões principais. Ele se virou para Paul. "Em Londres, você encorajou os pobres dispostos a formar uma comunidade cristã. Aqueles que desejaram se tornaram parte dela. Aqui você deve esperar uma oposição ativa. Tenho certeza de que lidará com isso da maneira adequada. Estou aqui para aconselhá-lo, é claro. Voltaremos a nos falar em breve." Ele tocou seu chapéu e foi embora.

"O que você quer dizer com oposição ativa?" Paul gritou nas costas de Dodds.

Mas o Reverendo Dodds entrou em seu SUV novinho em folha e foi embora sem dizer uma palavra.

CAPÍTULO TRÊS

Depois que Beryl os deixou, Paul e Sarah se sentaram em extremidades opostas da grande mesa de carvalho na cavernosa cozinha do vicariato, comendo fatias do pão-de-ló de Beryl e bebendo chá.

Ela colocou seu prato de lado. "Imagine só, em anos passados esta mesa estaria ocupada com os filhos do vigário. Eu acho que você poderia ter pelo menos mais dez pessoas por aqui!"

Ela percebeu a tensão repentina em seus ombros e braços. Ela riu. "Haveria uma congregação pronta - mais os servos, é claro." Ela o viu relaxar.

"Esperava-se que todos frequentassem a igreja naquela época", disse ele. "O pároco Grimshaw de Haworth até os perseguiu com um chicote lá! Não consigo imaginá-lo aguentando *oposição ativa!*"

"O Rev D não disse qual era a oposição?", ela perguntou.

"Cristãos perdidos, eu suponho." Ele encolheu os ombros. "Quem mais?"

Ela parecia perplexa. "Com o que eles estão se opondo a nós? E por quê?"

"Parece que o bom reverendo está nos deixando descobrir sozinhos."

"Isso não é justo. Nós acabamos de chegar. Não temos ninguém para perguntar."

"Eu vou falar com Arthur pela manhã. Ele pode ser capaz de nos esclarecer."

"Bom, se forem Cristãos perdidos, nós já os reconquistamos antes."

"Devemos ser positivos. Deixar Deus preencher nossas mentes. Não há outro guia."

"Eu tento. Todo dia." Seu rosto franziu com dúvidas. "Mas minha fé não é tão forte quanto a sua."

"Mas está *lá*." Ele olhou para ela seriamente. "Você pode fortalecer sobre isso."

Ela se virou e se levantou para servir mais chá, então soltou um pequeno grito de surpresa. Olwen Williams, em seu aspecto maternal, estava olhando para eles pela janela.

"Aha!" ele exclamou. "Uma Cristã perdida!"

Ele abriu a porta dos fundos com o que considerou um floreio apropriado. Olwen parou na entrada.

Ela sorriu para ele. "Eu assustei você? Eu sou Olwen Williams. Eu moro mais acima - em Walden."

"Paul Milton."

Eles apertaram as mãos. Ele ficou surpreso com a força de seu aperto.

"Eu vi o carro... Pensei que o Reverendo Oliver tivesse voltado. Nós éramos grandes amigos, eu e ele."

"Receio que ele esteja doente e não retome suas funções. Sou seu substituto."

Ela deu a ele um olhar forte e penetrante. Ele se mexeu inquieto, mas manteve o olhar dela. O que havia com essas pessoas, ele se perguntou, que tentavam olhar através de você? Dodds já era ruim o suficiente. Mas esta mulher, Olwen, era ainda pior! Para seu alívio, Sarah juntou-se a ele na porta.

"Esta é minha esposa, Sarah. Sarah, conheça Olwen Williams, de Walden."

"Oi, Olwen. Prazer em te conhecer." Sarah sorriu inocentemente para Olwen.

Normalmente ele a teria convidado para entrar em casa, mas por alguma razão desconhecida estava relutante em fazê-lo. Tinha algo sobre esta mulher que o deixava desconfortável. Ele se perguntou se Sarah havia captado uma vibração semelhante.

"Você veio de longe?" Olwen perguntou.

"De Londres." Sarah riu. "Parece que chegamos a um outro mundo!"

Olwen olhou penetrantemente para Sarah, que parecia incapaz de tirar os olhos dela.

"Você parece uma verdadeira moça do campo para mim." Olwen sorriu, inclinando a cabeça provocativamente para o lado.

"Farei o meu melhor para ser uma", Sarah respondeu recatadamente.

Olwen mudou sua atenção para Paul, seus olhos brincando com ousadia sobre suas feições. "Espero que você encontre seu verdadeiro destino aqui, Reverendo Milton."

Paul se sentiu confuso. O chavão formal de Olwen estava totalmente em desacordo com a maneira inegavelmente invasiva com que ela o olhava.

Ele continuou a sustentar o olhar dela. "Eu já encontrei, mas obrigado de qualquer maneira."

Olwen pareceu repentinamente se cansar da conversa, como se tivesse visto o suficiente do novo titular para fazer uma avaliação convincente dele. Ela se virou para ir. "Meus cumprimentos ao Reverendo Oliver, se você o ver."

Sarah voltou para a casa enquanto Paul, tomado por um pensamento posterior repentino, gritou atrás de Olwen.

"Venha para a igreja! Neste domingo! Traga seus amigos!"

Olwen se transformou espontaneamente em sua forma sedutora mais jovem, uma bela de cabelos pretos de vinte anos. Ela se virou e sorriu sugestivamente para Paul. Ele olhou para ela, assustado. Tão repentinamente ela voltou a ser ela mesma, cruzou o estábulo de paralelepípedos e desapareceu por uma porta na parede que dava para o caminho para Walden.

* * *

Paul e Sarah subiram as escadas do vicariato. Não havia pinturas na escada ou no patamar.

"O que você acha, Sarah?" ele perguntou. "Aquela Olwen Williams não lhe pareceu um pouco estranha?"

"Nem um pouco." Ela fez cara feia para ele. "Ela parecia muito gentil. Bastante maternal."

"Eu pensei que ela era estranha" ele afirmou enfaticamente, pensando no olhar intransigente de Olwen.

"Bem, eu não achei! Eu pensei que ela era charmosa."

Como tantas vezes nos dias de hoje, ele percebeu com tristeza, ela não parecia valorizar suas opiniões, preferindo seu próprio ponto de vista, que estava, cada vez mais, fora de debate.

Ela parou no patamar, que percorria toda a extensão da casa, olhando para uma fileira de portas fechadas. "Beryl disse que nos daria o quarto principal e que arrumou a cama para nós. Mas qual quarto é?"

"Melhor dar uma olhada. Acho que deve haver pelo menos quatro quartos neste andar."

Eles abriram portas e espiaram os quartos. Eles rapidamente encontraram o quarto certo. Era um grande quarto com uma cama de dossel, que ficava em um isolamento imponente no meio de uma parede interna. Arthur havia colocado os pertences deles embaixo da janela oposta.

"Ah, fantástico!" ela exclamou. "Sempre quis um dossel! Pense nos momentos que teremos nisso!"

"Fazendo bebês!" ele riu.

"E se divertindo!" ela acrescentou com um olhar malicioso.

Ela saltou para a cama e fechou as cortinas pesadas. "Ah, quem pode me ajudar? Estou perdida nesta escuridão para sempre?"

Para sua surpresa, ele se viu arrebatado pelo humor repentino dela. "Bela donzela, não tenha medo! O herói está correndo em seu socorro!"

Ele tirou seu paletó, abriu as cortinas e mergulhou para se juntar a ela. Eles rolaram juntos na cama e se beijaram com crescente paixão. Ele acariciou seus seios. Ela começou a desabotoar as calças dele. De repente, ele travou.

"Talvez não devêssemos fazer isso."

"Você está certo", ela concordou. "Vamos nos despir ou iremos estragar nossas melhores roupas."

Ele se afastou dela e se levantou. "Não foi isso que eu quis dizer. Trabalho primeiro. Devemos deixar isso para depois."

"Posso esperar por isso?" ela perguntou esperançosa.

Ele deu a ela um sorriso evasivo. Ela se virou, tentando esconder seu desapontamento.

Eles exploraram o sótão, cinco grandes cômodos que correspondiam aos quatro quartos abaixo, mais um sótão acima do escritório menor e do banheiro. Os quartos estavam cheios de itens guardados: armações de cama, baús, lavatórios antiquados, tapetes enrolados, lâmpadas padrão e pinturas cobertas com um lençol de proteção. Sarah vagava pelas salas, fascinada por tudo.

Ele olhou de uma janela de trás do sótão. Além do pátio do vicariato, uma vasta extensão de urze roxa se estendia em direção a horizontes pantanosos mais escuros e remotos. À meia distância, as cabanas espalhadas de Walden aninhavamse entre os bosques profundos que margeavam o sopé das encostas cobertas de urze. Em primeiro plano, havia alguns celeiros pertencentes a Low Moor.

"Sarah!" ele chamou. "Você pode ver Walden. Eu tenho uma igreja em ruínas em algum lugar lá em cima. St. Martin. Saído de um romance gótico!"

Ela chamou de um quarto próximo. "Paul... olhe isso!"

Ele percebeu que ela havia escolhido ignorar sua explosão de entusiasmo. Ele se perguntou o que ela poderia ter encontrado nestes quartos velhos e bolorentos que fosse de alguma forma intrigante. Ele viu que ela havia removido a cobertura contra poeira de uma fileira de pinturas e arranjado algumas delas para ficar de frente para a sala. As cenas taciturnas da charneca com sua estranha energia rodopiante, árvores retorcidas e rochas escuras e confusas o encheram de repulsa.

"Eu nunca vi nada parecido com eles", ela se entusiasmou. "Tão poderoso. Tanta pincelada segura."

"Eu acho que eles são horríveis!" ele afirmou decisivamente.

Ela olhou atentamente para a assinatura. "Eles são dela! Olwen Williams! Eu gostaria de pendurar um."

"Não neste vicariato!" ele rosnou.

Ela pareceu ofendida. Ele imediatamente lamentou sua explosão.

"Okay", ele cedeu. "Um. E coloque em algum lugar discreto."

Eles deixaram o sótão e desceram para a sala de jantar, onde Beryl lhes havia deixado uma refeição noturna de verão apropriada com salada e carnes frias. Eles comeram famintos, em silêncio. Por fim, Sarah se levantou.

"Estou cansada. Vou subir. Você vai demorar?"

"Só alguns minutos."

Ele a observou sair da sala, então pegou seu livro de orações e leu em voz alta:

"Oramos pelas necessidades espirituais das aldeias em nossa terra..."

As palavras embaralharam na página. Novas palavras as substituíram:

QUERO FAZER AMOR CADA VEZ QUE PENSO EM VOCÊ

Ele se levantou consternado e olhou para o livro de orações. As palavras embaralharam de novo:

O QUE VOCÊ QUER, PADRE, QUANDO VOCÊ PENSA EM MIM?

Ele deixou cair o livro como se tivesse explodido em chamas. Ele se sentou abruptamente à mesa, suando com o choque. O que estava acontecendo? Ele estava ficando doente?

A risada suave de Olwen ondulou como uma brisa suave pela sala.

* * *

Nas profundezas da floresta de Walden, Olwen estava trabalhando no porão de sua antiga cabana. O detalhe da sala estava escondido na sombra, iluminado apenas por uma pequena fogueira de turfa e uma única vela que estava em um suporte de chifre de carneiro esculpido no centro da mesa de carvalho simples.

Olwen estava sozinha, curvada sobre um espelho de adivinhação preto, que estava ligeiramente inclinado em direção a ela em uma das extremidades da mesa. No espelho, podia-se ver o rosto perturbado de Paul.

Ela se levantou e jogou um pano, fortemente bordado com símbolos místicos, sobre o espelho e foi até uma cadeira de balanço perto do fogo. Ela riu baixinho enquanto se balançava para frente e para trás.

* * *

Sarah dormia pacificamente na cama de dossel. Paul se debatia, como se estivesse lutando contra um agressor invisível. Ele acordou de repente, como se um som o tivesse perturbado. Ele se sentou na cama, ouvindo. Um sussurro, muito fraco, pareceu vir até ele da direção da janela:

Paul... você pode me ouvir? Venha para mim agora... venha para mim agora... venha para mim agora...

Ele hesitou por um momento, então foi até a janela e olhou para fora. A lua corria através de aglomerados irregulares de cumulus. Lá fora, nas charnecas, uma linha de luzes abriu caminho através da escuridão.

Um grupo de figuras com capas e encapuzadas, carregando lanternas, abriu caminho em fila única pela charneca. Uma das figuras, suas feições escondidas dentro do capuz, se virou e lançou um lenço de seda branca no ar...

Paul espiou pela janela do quarto. Um pássaro, com a plumagem de uma coruja-das-torres, apareceu ao luar e pairou fora do vidro. O pássaro tinha o rosto de Paul. O rosto se dirigiu a ele através da janela em uma voz eletrônica misteriosa:

Deus não existe, seu idiota iludido! Sua crença é uma mentira! Não há nada LÁ!! Um buraco no CÉU sem Deus!!

A coruja com o rosto de Paul explodiu em uma risada metálica.

Ele fechou as cortinas com consternação e terror. Que dúvida enterrada estava surgindo de sua tumba oculta? Depois de alguns momentos, ele abriu as cortinas e viu com alívio que o pássaro havia desaparecido.

Então ele notou um lenço de seda branca amassado no parapeito da janela externa. Ele abriu a janela, recuperou o lenço e examinou-o. O lenço era simples, sem adornos, sem marcas de identificação. Ele o dobrou com cuidado e o colocou na penteadeira. Ele balançou a cabeça com admiração. Muito café! ele pensou.

Ele subiu na cama e ficou perdido em seus pensamentos.

Na manhã seguinte, Sarah parecia ainda dormir profundamente. Paul acordou e foi até a penteadeira. O lenço de seda branco havia sumido.

CAPÍTULO QUATRO

A igreja de Todos os Santos, de antes da Reforma Inglesa, ficava em seu cemitério cercada por lápides e carvalhos circundantes. Paul e Sarah subiram o caminho do cemitério a partir do portão privado situado no canto sudoeste do muro do jardim.

Ele estudou o exterior do edifício com concentração absorta. "Final do século XII. Inglês antigo. Simplicidade e elegância." Ele sorriu para o prédio com um prazer indisfarçável.

"Talvez, com todos esses carvalhos, já tenha sido um bosque sagrado dos Druidas." Ela riu, para mostrar que não estava falando sério.

"O que importa é que agora é cristão", respondeu ele secamente.

Eles olharam para painel ornamentado, onde uma fileira de figuras esculpidas - grifos, basiliscos e demônios de olhos esbugalhados - olhou para eles.

"Uma reunião e tanto!" Ele riu. "A imaginação medieval era incrível!"

Eles destrancaram a igreja e entraram. Ele imediatamente subiu os degraus até o púlpito, enquanto ela se sentou ao órgão.

"Tem uma atmosfera estranha aqui, você não acha, Paul?" ela perguntou, fazendo uma careta. "Muito opressiva."

"É apenas ar morto", disse ele com desdém. "O lugar está trancado há muito tempo. Mas tem uma boa acústica. Teremos que escolher alguns cânticos estimulantes para o primeiro culto."

Ela tocou alguns compassos. "Tom fantástico! Vou adorar isso!"

À medida que as notas do órgão morriam, sons podiam ser ouvidos, como o bater de asas e o bater de garras, no alto dos cantos sombrios do teto com painéis de pinho escuro.

"Pombos!" ele exclamou. "Eles entram em todos os lugares!"

Arthur, em suas roupas de trabalho, entrou na nave da igreja. Ele tirou o boné e enfiou-o no bolso da jaqueta desbotada pelo tempo ao ar livre. Ele parecia um pouco estranho. "Acabei de ouvir o órgão", ele explicou. "Já faz um bom tempo que não foi tocado. O Reverendo Oliver não aguentava mais."

Paul desceu do púlpito. "Bem-vindo, Arthur. Tenho algumas perguntas a lhe fazer, se não se importa."

Enquanto Sarah tocava o cântico *Oh Deus, Nossa Ajuda no Passado* suavemente ao fundo, os dois homens sentaram-se juntos em um banco.

"Quem precisa de Deus quando pensa que vive em um paraíso terrestre? O que você diria sobre isso, Arthur?" Paulo sorriu encorajadoramente para o caseiro da igreja.

"Se você está falando sobre a falta de uma congregação, não é tão simples assim, Reverendo Milton" Arthur respondeu com seu forte sotaque do norte. "Eles não vêm à igreja porque não querem. Eles se afastaram disso deliberadamente."

"Disseram-me para esperar uma *oposição ativa*. De quem virá?"

"O que quer que tenha acontecido aqui, começou em Walden", Arthur começou após um longo silêncio. "Nunca houve muita fé cristã em Walden. Low Moor seguiu o mesmo caminho. Ah, eles cavam seus jardins. Mantém o lugar arrumado. Eles parecem gostar de suas vidas. Mas a igreja não existe para eles."

"Materialistas." Paul encolheu os ombros. "Não é o mesmo na maioria das aldeias da Inglaterra?"

"Não é isso." Arthur respondeu devagar, como se estivesse escolhendo as palavras com muito cuidado. "Não há yuppies aqui. Há outra coisa em ação."

Paul parecia confuso. "Não estou entendendo."

"Está no ar, como uma chuva fina de verão. Ela penetra em você." Arthur estudou o jovem vigário, como se tentasse adivinhar sua capacidade de compreensão. "É a influência de Walden. Mas está além de qualquer homem poder prová-la."

"Que influência é essa?" Paul perguntou com crescente preocupação.

"Você vai descobrir por si mesmo em breve" Arthur afirmou sombriamente.

"O que houve com meu predecessor?"

"O Reverendo Oliver adoeceu... no vicariato. Dodds fechou o lugar."

Paul percebeu que Arthur pronunciava o nome Dodds com um movimento dos lábios para baixo, como se tivesse provado uma comida que estava longe de seu gosto.

"Você está dizendo que Michael Oliver teve algum tipo de colapso nervoso?"

"Você poderia dizer assim" Arthur respondeu. "Mas você deve decidir por si mesmo." Ele se levantou. "Se me dá licença, Reverendo Milton, tenho trabalho para fazer no jardim enquanto o tempo está bom."

Arthur saiu da igreja, deixando Paul perdido em pensamentos. Sarah parou de tocar o cântico.

"O que foi aquilo?"

"Eu honestamente não sei", disse ele com um encolher de ombros.

* * *

Paul estacionou o Fiesta no estacionamento do asilo de St Stephen. Ele pegou uma pequena maleta do carro e caminhou até a entrada principal.

Ele se aproximou do balcão. A jovem recepcionista brilhante o cumprimentou com um sorriso experiente.

"Paul Milton. Tenho algumas coisas para Michael Oliver." Ele indicou a maleta.

"Ah, certo. Me lembro de você ligando. Vou pedir a Darren para levá-lo até ele."

Minutos depois, Paul e Darren, um jovem enfermeiro alto, caminharam por um corredor do andar térreo em direção aos quartos privados dos pacientes.

"Ele está um pouco mais indisposto do que o normal hoje. Voltou para o quarto depois do café da manhã. Não o incomodamos. Continuamos olhando para ter certeza de que ele está bem. Nós não o trancamos." Darren parou diante de uma porta verde pálida anônima. "Este é ele." Ele bateu. "Michael - é Darren. Tenho alguém para te ver."

Não houve resposta. Darren bateu de novo.

"Um visitante para você, Michael!"

Mais silêncio.

"Michael, estou entrando!"

Ele entrou com Paul logo atrás. Paul se viu em uma sala de estar funcional, mas decorada com bom gosto. Janelas francesas davam para jardins relvados, onde alguns residentes passeavam sob o sol de verão.

Michael Oliver estava sentado em uma poltrona

Chesterfield de couro no centro da sala, com uma lasca denteada de madeira projetando-se de seu olho direito.

"Ah meu Deus! Não olhe, Reverendo Milton." A voz de Darren estava embargada pelo choque. "Vou buscar ajuda."

Ele saiu correndo da sala, deixando Paul olhando para o corpo na cadeira. Michael Oliver, barbeado, tosado e limpo, parecia surpreso, como se tivesse recebido uma boa notícia inesperada. Havia muito pouco sangue. A lasca de madeira foi direcionada com tanta precisão que o cérebro parou de funcionar instantaneamente e o coração logo depois. As mãos do morto ainda repousavam nos braços da cadeira. Eles não foram levantadas em defesa pessoal, como se a morte tivesse vindo tão de repente que ele não teve tempo nem de piscar.

Uma pintura pendurada na parede bem em frente à cadeira de Michael Oliver: um bosque de carvalhos, como os do cemitério de Low Moor. Mas, em vez de uma igreja, uma pequena fonte viva fluía através de um afloramento de rochas antropomórficas no terreno central. No fundo havia uma vista de escuras planícies pantanosas. A grama e as árvores tinham uma estranha qualidade rodopiante, como as pinturas no sótão do vicariato. A assinatura no canto esquerdo inferior dizia *Olwen Williams*.

Paul notou que um dos carvalhos em primeiro plano tinha um galho quebrado de aparência recente. Ele tocou a extremidade dividida do galho. A pintura estava molhada.

Uma das janelas francesas estava ligeiramente aberta. Ele olhou para fora, bem a tempo de avistar duas figuras, semelhantes a um monge em seus trajes largos, desaparecendo entre as árvores do outro lado dos jardins. Se não fosse pelos cabelos loiros, ele nunca os teria visto. Seus hábitos marrons se fundiram com o fundo salpicado de árvores iluminadas pelo sol, tornando-os quase invisíveis.

* * *

Sarah vasculhou os edifícios que se alinhavam em três lados do pátio de paralelepípedos do estábulo nos fundos do vicariato. Ela não encontrou nada de útil e estava prestes a desistir quando avistou uma velha bicicleta quase completamente escondida atrás de uma pilha de urnas e vasos de plantas danificados. Os pneus estavam murchos, mas responderam aos seus esforços vigorosos com a bomba. Ela empurrou a bicicleta pelo quintal e saiu pelo portão dos fundos.

Ela pedalou pela vila de Low Moor, sorrindo e acenando para todos que encontrava. Ninguém sorriu ou acenou de volta, apenas olhou para ela, como ela disse a Paul mais tarde, como se ela estivesse vestida como uma galinha de desenho animado. Sem desanimar, ela chegou à pequena loja da aldeia, apoiou a bicicleta contra a parede e entrou na loja.

Três mulheres locais, na casa dos 40 anos e vestidas com trajes práticos para atividades ao ar livre, conversavam com a vendedora no balcão. Sarah correu na direção deles.

"Bom dia! Eu sou Sarah Milton. Paul, meu marido, é o seu novo vigário. Ele espera que vocês venham à igreja no domingo, onde todos serão muito bem-vindos. Vocês podem ligar para nos ver no vicariato a qualquer hora. Paul e eu queremos ser amigos de todos na paróquia!"

Sua explosão efervescente resultou em completo silêncio.

Uma das mulheres deu um sorriso sarcástico. "Desculpe, amor, parece que perdemos nossa fé." Seu sotaque do norte era semelhante ao de Arthur, mas um pouco mais grosso.

Uma segunda mulher balançou a cabeça fingindo preocupação. "Os vigários que vieram aqui têm estado *tão* erráticos."

A terceira mulher riu. "Veja, eles vêm. Depois morrem ou enlouquecem. E a igreja fica trancada de novo por séculos. Então, para que se preocupar?"

"Bom, nós não somos erráticos!" Sarah rebateu.

"Desculpe, amor", respondeu a primeira mulher, "acho que estamos felizes por não sermos cristãos hoje em dia."

"Nós começamos a fazer nossas próprias coisas", explicou a segunda mulher. "E gostaríamos de continuar fazendo isso." Havia um toque de hostilidade na voz da mulher.

A terceira mulher riu. "É tudo jardinagem e sexo conosco - nós realmente não temos tempo para mais nada!"

Sarah ficou surpresa. Sua atitude otimista evaporou. "Como eles morreram?" ela perguntou seriamente. "Como os vigários morreram?"

As mulheres locais balançaram a cabeça e foram embora sem dizer outra palavra. Sarah, com a ansiedade aumentando, voltou-se para a vendedora.

"Você pode me dizer o que houve com eles?"

A vendedora fez uma careta de desprezo. "Você devia perguntar àquele tal Dodds. Ele é o único que sabe tudo isso."

Sarah voltou da loja com duas caixas de leite que se sentiu obrigada a comprar. As mulheres locais estavam conversando no gramado da aldeia.

"Tchau! Vejo vocês em breve!"

As mulheres a ignoraram.

Sarah seguiu em frente. "Vocês vão nos aceitar. Vocês vão!" ela murmurou baixinho. Mas sua intuição contou-lhe uma história diferente.

Quando ela chegou ao vicariato, ela estava chorando.

* * *

Arthur trabalhava no cemitério da igreja cortando a grama entre as lápides. Paul caminhou decididamente em sua direção. Arthur parou o cortador de grama.

"Bom dia, Reverendo Milton", disse ele alegremente. "Você achou o Reverendo Oliver melhor?"

"Eu o encontrei assassinado, Arthur! Se eu não fosse

abençoado com bom senso, chamaria de morte por psicocinese!"

"E o que o seu bom senso diz?" Arthur perguntou, visivelmente abalado.

"Diz que eu deveria começar a fazer perguntas difíceis - como quem iria querer matar um pobre vigário?"

"Talvez alguém que não precisa mais dele", Arthur respondeu enigmaticamente.

Antes que Paul pudesse questioná-lo mais, Arthur reiniciou o cortador e continuou a cortar grama. Paul, perturbado, abriu caminho através do portão para o jardim do vicariato. Arthur, parecendo preocupado, ficou olhando para ele.

* * *

O escritório do primeiro andar continha uma dúzia de prateleiras de velhos livros religiosos dispostos ao longo de duas paredes. As outras paredes da sala estreita eram ocupadas pela porta e pela grande janela de guilhotina. Uma escrivaninha desgastada e uma cadeira de madeira dobrável ocupavam o centro da sala. O chão era de madeira polida de um tom agradavelmente variado. Um tapete persa desbotado cobria a área sob a mesa.

Paul entrou determinado. Ele moveu a mesa para debaixo da janela e sentou-se na cadeira de madeira curvada olhando para o pátio de paralelepípedos e para a floresta de Walden. Ele desempacotou uma pequena caixa e tirou livros de orações, uma bíblia, livros de cânticos e arquivos de sermões, que ele organizou sistematicamente sobre a mesa.

Ele enrolou o tapete persa, prendendo o dedo na tábua solta do piso. Ele se ajoelhou para investigar. A tábua não havia sido pregada nas vigas e foi erguida facilmente. Ele olhou para o espaço escuro abaixo, tateou ao redor e tirou um envelope marrom em branco.

O envelope continha um livreto intitulado *A History of St Martin's Church, Walden*. O nome do autor era Edmund Reason e a data de publicação era 1909. Dentro da capa estavam as palavras escritas à mão *Joan Preston. Durham. 1985.*

Ele recolocou a tábua do assoalho, colocou o tapete persa de volta sobre ela, sentou-se à escrivaninha e começou a ler o livreto.

CAPÍTULO CINCO

Paul e Sarah estavam sentados à mesa da sala de jantar, comendo uma refeição simples à noite. Nenhum dos dois parecia entusiasmado com a comida e empurrou os pratos pela metade.

"Lamento que você tenha tido um dia ruim", ele começou, estudando-a em busca de sinais de estresse.

Ela fez uma careta resignada. "Vou superar isso. Pelo menos elas não ficaram com raiva ou fizeram ameaças." Ela suspirou. "Mas será difícil reconquistá-las. Como foi seu dia?"

"Foi confuso." Ele fez uma pausa. Por mais que ele gostaria de falar com ela sobre Michael Oliver, a experiência anterior o fez sentir que não era sábio. Sarah estava muito nervosa para lidar com um assassinato - certamente não um tão próximo de suas novas vidas. Ele ergueu o livreto de *St. Martin*. Este, ele sentiu, era um terreno mais seguro.

"Achei isso escondido no escritório. É sobre a igreja em ruínas em Walden - na época em que era um local de culto em funcionamento."

"Por que estava escondido? É uma blasfêmia?"

Ele riu. "Não, nem um pouco. Mas é interessante. Marquei

algumas passagens porque são bastante intrigantes. A primeira parte é do diário de um ex-ocupante chamado William Grove, descrevendo os estranhos eventos que aconteceram em 1760. Você quer que eu leia?"

Ela sorriu ansiosamente. "Claro. Você faz isso parecer emocionante!"

Ele sorriu calorosamente para ela e abriu o livreto. Ele começou a ler:

"No domingo passado mandei quebrar a cruz do cemitério de St. Martin. Em minha alma, essa medida drástica foi a única maneira de evitar que ela fosse contaminada."

"Como você contamina uma cruz?" ela interrompeu, confusa.

"O livreto não diz exatamente por que, mas imagino que os não-conformistas tenham pregado a partir dele. Alguns deles foram incrivelmente francos, acusando os bispos e o clero de corrupção e interesse próprio. E também desafiando-os em pontos de doutrina. Aconteceu por toda a Inglaterra, especialmente no norte."

"Tem mais?"

"Ah, sim!" Ele continuou a ler:

"Agora sou o homem mais abjeto da terra, temendo por minha vida e sanidade. Manifestações vis prevalecem aqui, tão horríveis de se ver como são diabólicas em intenções."

"Manifestações vis! O que diabos elas poderiam ser?" Ela parecia intrigada e alarmada.

"Eu tenho que admitir que realmente não faço ideia. Talvez as pessoas da aldeia tenham queimado uma efígie do pobre vigário, ou o sujeitado a algum tipo de passeio de humilhação. Mas eu estou supondo. O que quer que fossem, devem ter sido assustadores e William Grove deve ter acreditado neles." Ele pausou novamente para avaliar seu nível de interesse. "Devo continuar? Há outra parte, do Livro da Paróquia, escrita por um ocupante posterior, um certo Thomas Marshall, em 1857."

"Sim, vá em frente", ela disse entusiasmada. "Por favor."

Ele continuou a ler o livreto:

"Eu dispensei hoje os coros de ambas as minhas igrejas devido ao espírito maligno de oposição que reside neste lugar -"

"Meu Deus!" ela exclamou. "Essas são palavras fortes, não são?"

Ele olhou para ela do outro lado da mesa. "Só existe esta última parte. De Thomas Marshall novamente." Ele começou a ler, perguntando-se se teria sido uma má ideia mencionar o livreto:

"O povo não dá ouvidos às minhas palavras. Zombam de mim e insultam-me e não me atrevo a deixar o vicariato."

"Parece um estado de rebelião aberta!" Ela olhou para ele maravilhada com os olhos arregalados.

"Suponho que sim. E contra a autoridade da Igreja, nada menos."

"Aquelas pessoas deviam ser perigosas. Os vigários parecem genuinamente com medo."

"Bem, pelo que li, esses não-conformistas do norte eram muito selvagens. Eram tempos sem lei na Inglaterra rural."

"Se você está indo para Walden, talvez eu deva ir com você?"

Ele riu. "É apenas uma ruína agora. Esses tempos acabaram. O perigo acabou - eu não acho que vou precisar de uma guarda-costas!"

* * *

Enquanto Paul dirigia para o norte pelas estradas rurais, ele teve a impressão desconcertante de que as encostas arborizadas à sua frente estavam cientes de sua aproximação. Quanto mais longe ele ia, mais opressivas as florestas pareciam se tornar. Ele sentiu seu peito apertar, sua respiração ficando difícil. Era um absurdo irracional, disse a si mesmo. Mas os sintomas persistiam.

Ele havia se vestido informalmente, sentindo que a visão de um colarinho clerical poderia lhe render poucos amigos entre - o que ele presumia - os ateus com predomínio do hemisfério esquerdo do cérebro em Walden. Agora ele achava que seria melhor carregar um suprimento de oxigênio. Ele se arrependeu de não precisar de guarda-costas. Se Arthur estivesse com ele, pelo menos ele teria alguém com quem conversar e ajudar a dissipar o mau pressentimento que estava começando a se apoderar dele.

A estrada se estreitou para uma faixa única, o que aumentou sua sensação de opressão. A floresta se aglomerava em ambos os lados, seus galhos se entrelaçando acima dele bloqueando a luz, então parecia que ele estava dirigindo por um túnel. Ele fez uma anotação mental das distâncias entre os lugares que passavam, mas não viu nenhum outro veículo. Por fim, ele encontrou a placa da aldeia: *WALDEN. ESTRADA SEM SAÍDA*. A placa era quase ilegível sob musgo e lama salpicada.

Ele se aproximou de um entroncamento, parou em um acostamento e saiu. A bifurcação à direita seguia o vale densamente arborizado, a outra conduzia a uma igreja em ruínas, cuja silhueta sem telhado podia ser vista contra o céu na borda da charneca a oitocentos metros de distância.

Esta era sua outra igreja, a arruinada *St. Martin*, o foco de grande parte do conflito descrito no livreto. A visão da ruína inspirou uma sensação de apreensão.

O objetivo de sua viagem era conhecer os residentes de Walden mais do que visitar uma igreja em ruínas, por mais importante que fosse, então ele partiu a pé para o vale arborizado.

Enquanto descia a rua, ele sentiu a atmosfera opressiva se dissipar um pouco. Ele podia respirar com mais facilidade e sua cabeça confusa havia clareado. Para sua surpresa, descobriu que estava gostando de sua caminhada. Ele teve a breve impressão de que suas emoções estavam sendo manipuladas, mas não conseguiu entender a ideia e rapidamente a descartou.

Embora não pudesse se considerar um verdadeiro camponês, ficou impressionado com a aparência da paisagem ao seu redor. Enormes árvores antigas alinhavam-se em ambos os lados da estrada. Pequenos campos e pomares repletos de frutas apareceram nos espaços entre as árvores. Ele anotou as colheitas: batata, feijão, couve de Bruxelas, maçãs, peras, ameixas, tudo aparentemente florescendo. Cabras eram amarradas por cercas vivas altas e baliam para ele quando ele passava. Galinhas arranhavam e deslizavam por toda parte.

Por fim, ele avistou cabanas entre as árvores. Velhas paredes de pedra e telhados de laje captavam a luz que filtrava pelos galhos. Uma brisa lúdica soprou e fez a grama da estrada estremecer e girar.

Ele chegou a uma trilha bem pisada que saía da estrada em direção a uma velha cabana, cuja construção em pedra brilhava à luz do sol. Ele se aproximou da porta da frente, que estava totalmente aberta. Ele bateu. Não houve resposta. Ele entrou na casa.

Ele entrou em uma sala de estar cheia de móveis antigos: aparadores robustos, uma cômoda galesa, mesa e cadeiras pesadas - todas feitas, ele presumiu, de carvalho local.

"Olá!" ele chamou. "Alguém em casa?"

Não houve resposta. Ele estava prestes a sair quando gatos de todos os tamanhos e cores se materializaram, ao que parecia, do nada. Eles pularam sobre a mesa, as cadeiras e a cômoda. Surpreso, ele deu um passo para trás e sentiu mais gatos roçando em suas pernas.

Por um momento, ele ficou sem saber o que fazer. Ele deveria gritar novamente ou recuar e tentar outra cabana? Sua decisão foi prontamente tomada por ele.

Os gatos saltaram sobre ele, assobiando e cuspindo. Eles pularam em seu rosto, agarrando-se a suas costas e ombros, uivando e gemendo com intensidade crescente. Ele se defendeu o melhor que pôde e saiu correndo da sala.

Assim que ele deixou a casa, a porta bateu e se fechou atrás dele. Ele fechou os olhos e ofereceu uma oração silenciosa de agradecimento por sua fuga. Ele decidiu voltar para a pista, mas, para seu desânimo, não viu nenhum sinal da trilha que havia seguido até a porta do chalé.

As árvores ao seu redor pareciam mais numerosas, maciças, antigas e ameaçadoras. Elas pareciam pressioná-lo, cavidades em seus troncos se transformando em bocas e olhos, galhos balançando e chacoalhando como ossos ao vento crescente. Folhas caídas giraram em seu rosto. Ele tropeçou e caiu, levantou-se e continuou lutando. Ele lutou para abrir caminho através dos membros inflexíveis até que, para seu alívio, ele alcançou a pista.

Ele olhou para trás. Três gatos o observavam da beira das árvores. Ele olhou para eles, nervoso. Eles arquearam as costas e cuspiram nele.

* * *

Abalado, ele caminhou lentamente pela alameda entre bosques maduros de pinheiro silvestre e bétula. A igreja em ruínas estava à frente dele com charnecas abertas além. A pista terminou abruptamente no muro do cemitério, sem espaço para virar para um veículo. Ele deduziu desse único fato que não havia serviço aqui na maior parte do século. Edmund Reason, o autor do livreto de *St Martin*, simplesmente disse que o lugar estava "em decadência" no início dos anos 1900.

No muro do cemitério havia um portão, ao lado do qual havia uma tábua gasta fixada a um poste robusto. No quadro estavam as palavras *St Martin desbotadas*. Ele abriu o portão e entrou no cemitério. Lápides antigas inclinavam-se entre a grama alta. Ele notou uma velha base de uma cruz que ocupava o canto do cemitério e imaginou pregadores não-conformistas selvagens acenando com os punhos para o reverendo Crowe aterrorizado.

Embora muito menor do que a igreja de Todos os Santos em Low Moor, ele pôde ver imediatamente que a Catedral de St Martin foi construída no mesmo estilo gótico inglês, com arcos pontiagudos e janelas de lanceta simples. Todo esse trabalho e esperança, pensou ele, para acabar assim.

Ele ficou surpreso ao ver Olwen Williams pintando em um cavalete entre as lápides. Ela sorriu e deu-lhe um pequeno aceno.

"Oi de novo."

"Oi. Apenas vim dar uma olhada na minha outra igreja."

Ele ficou tentado a se aproximar dela, curioso para ver como ela poderia pintar um assunto cristão, mas ele se conteve e foi para a igreja. Ele não percebeu o olhar hostil de Olwen quando ele entrou na varanda em ruínas.

Saindo da varanda para a nave, ele se viu em um espaço vazio. Sem detritos no chão. Nenhuma fonte rachada e danificada. Apenas um pouco de hera cobrindo as paredes inferiores. O lugar estava incrivelmente limpo, como se o chão tivesse sido varrido recentemente. Mas o estado do chão logo foi esquecido quando ele olhou para o arco da torre.

Era um arco equilátero não ortodoxo, excepcionalmente alto para uma igreja com uma torre relativamente curta. Sete enormes cabeças esculpidas o adornavam. Grotescos e sinistros, estavam completamente isentos de hera e de qualquer vestígio de mofo. A cabeça central era um gigante, segurando suas mandíbulas com ambas as mãos, puxando sua boca aberta em uma careta selvagem. Uma pequena figura nua engolida pela metade desaparecia de cabeça entre os dentes do gigante.

Ao lado do gigante estava a cabeça de um deus chifrudo parecido com Cernunnos, com serpentes se contorcendo saindo de sua boca. Do outro lado estava a cabeça de um Homem Verde, com folhagens brotando de sua boca e orelhas.

Em ambos os lados desta trindade estavam pares de demônios ferozes, com olhos brilhantes e presas à mostra.

Ele olhou para as cabeças no arco da torre com espanto. Ele tinha visto esculturas de igrejas gráficas antes em igrejas pré-Reforma Inglesa - gárgulas monstruosas e o ocasional demônio ou grifo como em Low Moor, às vezes um monge obsceno ou um bispo com uma cabeça de raposa - mas nunca algo assim.

Elas eram incríveis. E também eram indiscutivelmente obra de pagãos.

Ele avistou Olwen através de uma janela de lanceta sem vidro. Ela parecia preocupada, ocupada em seu cavalete. Ele se virou, sem querer espiar. Mas, ao fazer isso, ele pensou ter ouvido risadas no cemitério. Sua curiosidade foi despertada, ele se virou para olhar novamente...

Olwen em sua forma mais jovem se inclinou sedutoramente sobre uma lápide. Ela estava nua e acariciando seus seios.

Ele engasgou com o choque e se virou. Mas, antes que tivesse tempo de se controlar, ele se viu olhando novamente. Olwen estava pintando em seu cavalete como antes. Ela olhou para cima e o viu, encontrando seu olhar culpado com um pequeno sorriso perspicaz.

Ele se encostou na parede da nave, sua mente em um estado de confusão giratória. Ela estava fazendo isso ou era ele? Ele não podia acreditar no primeiro, porque isso implicava seu domínio de algum tipo de poder metafísico, mas o último era igualmente inaceitável. Ele tinha uma esposa leal. Ele nunca se sentiu atraído por outra mulher. De qual copo envenenado ele havia bebido para ser de repente uma presa disso?

Depois de um olhar indiferente para a capela-mor, ele saiu da igreja. Ele estava prestes a deixar o cemitério, mas sentiu uma necessidade irresistível de falar com Olwen. Ele caminhou pela grama alta em direção a ela.

"Essas cabeças", começou ele, "estou surpreso por terem sobrevivido. São tão flagrantemente pagãs."

Ela sorriu para ele, um pouco maliciosamente, ele pensou. "Ah, tantos vigários tentaram removê-los. Obviamente, todos falharam."

"Por que você acha que aconteceu isso?" ele perguntou, genuinamente ansioso para saber mais.

"Alguém deve ter querido mantê-los", ela respondeu enigmaticamente.

"Quem poderia ter conseguido isso contra a vontade de um bispo?"

"Talvez o povo de Walden tivesse um benfeitor poderoso."

Ela sorriu misteriosamente. Ele percebeu que o olhar dela o estava perturbando e ele estava perdendo o fio de seus pensamentos. Com esforço, ele se forçou a se concentrar.

"Você sabe por que este lugar foi abandonado?"

"Há muita realidade aqui", respondeu ela, olhando para ele com olhos grandes e sérios.

Ele tinha outra pergunta pronta em sua língua, mas ele perdeu a essência dela. Ele se distraiu com a presença dela e também com a pintura, que não parava de chamar sua atenção. Mostrava a igreja e o cemitério, mas a grama havia começado a mudar de sua forma física para se tornar redemoinhos de energia, como se estivesse dançando ao vento. Embora ele não tivesse gostado das pinturas dela que vira no vicariato, esta não foi desagradável, com as cores e texturas criando um efeito muito mais claro.

"Eu vi pinturas suas no vicariato."

"Michael as colecionava. Ele era um grande fã. Como ele está, a propósito?"

A pergunta parecia ter sido feita com toda a inocência. Ela obviamente se dava bem com o homem, então eles deviam ser bons amigos.

"Michael Oliver está morto, eu temo" ele afirmou com naturalidade.

"Ah - coitado! Julius Dodds não tem muita sorte com seus vigários, não é?"

"Você conhece o Reverendo Dodds?" ele perguntou surpreso.

Sua atitude mudou abruptamente. Ela quase cuspiu as palavras nele. "Dodds é um criminoso assassino! Você não deveria ter nada a ver com aquele homem!"

"Ele é um homem de Deus!" ele respondeu, chocado e com raiva.

"Ele não é mais cristão do que aquela nuvem no céu, ou aquela árvore na terra!" ela afirmou enfaticamente.

"Que motivos você pode ter para dizer isso?" ele respondeu com veemência, completamente surpreso.

"Eu o conheço", ela disse calmamente. "Ele acredita apenas no poder - e em conseguir o que quer."

"Eu não posso aceitar isso! Não é verdade!" Ele se viu gritando em defesa de Dodds. Ou - ocorreu-lhe o pensamento - estava, de fato, em sua própria?

"Você vai descobrir a verdade em pouco tempo. Tenho pena de você." Ela colocou a mão em seu braço e olhou para ele. "Deixe-me pintar você. Vejo uma grande força interior e compaixão. Gostaria de capturar uma impressão disso."

"Não!" ele desabafou. "Eu tenho deveres. Devo ir."

"Outra hora, talvez." Ela apertou o braço dele e sorriu.

Ele correu para o portão do cemitério, depois se virou e olhou para trás. Olwen havia se transformado em sua forma mais jovem. Ela expôs seus seios e jogou seus cachos negros.

* * *

Paul dirigiu devagar em direção a Low Moor. Nada assim havia acontecido com ele antes. Ele havia olhado para mulheres atraentes em mil ocasiões, sem despi-las espontaneamente e imaginando-as realizando atos obscenos.

Ele estava ficando doente. Não tinha como negar isso. E a raiz disse era seu relacionamento com Sarah. Ela era muito volátil, ele raciocinou, até o ponto de ser emocionalmente instável.

Em Londres, ele teve que lutar com ela, tanto quanto teve que trabalhar duro para ganhar uma congregação. Um dia ela era a esposa modelo: solidária, inovadora e cheia de energia positiva. No próximo ela estaria mal-humorada, não cooperativa, até hostil. Nesses dias, era melhor deixá-la sozinha, ou as discussões iriam inevitavelmente explodir.

Mas não era um alicerce sólido para confrontar os cristãos perdidos. E desde a morte de sua mãe ela se tornou mais extrema. Ela o estava afastando dela, sem dúvida.

Mas ele também era culpado? Ele estava se entregando a uma viagem do ego por Deus às custas de sua humanidade? E que tipo de Deus aceitava fanáticos, com toda sua intolerância, como Seus servos? Resposta: um Deus cruel, um Deus ciumento, um -

Seus pensamentos foram interrompidos de repente. Ao passar pela placa *WALDEN. ESTRADA SEM SAÍDA*, ele notou dois moradores sentados em um campo de batata ao lado da estrada. Eles estavam caídos um contra o outro, como se estivessem dormindo.

Ele derrapou até parar repentinamente, deu ré rapidamente, saltou do carro e correu para as duas figuras caídas. Algo estava errado com eles. Ele tinha visto figuras semelhantes nos armazéns abandonados de Londres e nas escadarias de torres decadentes...

Eles estavam mortos. Parecia que seus pescoços haviam sido quebrados. Em suas testas havia a marca de uma cruz.

Ele recuou de horror e sacou o celular, com a intenção de chamar o serviço de emergência, mas não havia sinal.

Então ele avistou dois monges de túnica marrom escapando por entre as árvores próximas.

"Ei!" ele gritou. "EI!!"

Os monges o ignoraram. Ele os perseguiu, procurando entre as árvores, mas não foi capaz de encontrá-los. Era como se eles tivessem se desmaterializado, seus hábitos os tornando quase invisíveis.

Ele teve uma breve impressão de movimento - eram os monges, abrindo caminho através de uma densa vegetação rasteira a cem metros de distância. Ele correu atrás deles entre as árvores retorcidas, abrindo caminho através dos emaranhados de galhos e raízes. Ele os avistou novamente a alguma distância à frente, afastando-se rapidamente através de uma floresta mais aberta.

"Ei! Voltem aqui! Parem! Parem!"

Os monges não perceberam, afastando-se rapidamente.

Uma forte chuva repentina o atingiu. A visibilidade foi dramaticamente reduzida. Ele perdeu os monges de vista. Embora ele olhasse ao redor, não conseguiu encontrar mais nenhum sinal deles. Ele desistiu da perseguição. Molhado, ele voltou para seu carro.

A chuva parou. Um pouco longe, atrás de uma cortina de arbustos, os dois monges o observavam.

CAPÍTULO SEIS

Sarah pedalou pelas pistas ensolaradas de verão de Walden. Ela passou por jardins bem cuidados, pomares repletos de nozes e frutas. Camponeses de todas as idades trabalhavam nos campos. Eles acenaram para ela. Ela acenou de volta alegremente. Walden parecia um lugar amigável após sua recepção gelada em Low Moor.

Paul a deixara sozinha no vicariato, sem nada para fazer a não ser ajudar Beryl na horta. Mas ela tinha sua bicicleta agora e o tempo era ideal para pedalar até Walden e conhecer a zona rural local. Paul não podia esperar que ela fosse uma prisioneira no vicariato. Em Londres, ela saía sempre que queria - e sempre havia alguém interessante para encontrar, especialmente nas feiras livres.

Durante seus quase quatro anos de casamento, as coisas mudaram. Ela tinha visto seu marido se tornar cada vez mais obsessivo em sua devoção à igreja. Às vezes parecia que ela quase não existia. Eles acabaram administrando uma igreja bastante ocupada, mas era tudo *o Reverendo Paul isso* e *Paul aquilo*. Parecia que ela só era obrigada a tocar piano e organizar vendas desordenadas.

Esta nova posição rural foi uma mudança bem-vinda - e ela estava determinada a usá-la para construir uma vida para si mesma. Ela pensou que passaria mais tempo em Walden, pois as pessoas pareciam mais receptivas.

Olwen, Rhiannon, Gwenda, Gareth e Rhys estavam colhendo ameixas vermelhas em um pomar. Houve muitas risadas enquanto eles perseguiam um ao outro em volta das árvores. Olwen, parecendo benigna e maternal, acenou para Sarah enquanto ela passava de bicicleta. Sarah parou e observou-os melancolicamente.

"Sarah!" Olwen chamou. "Venha e divirta-se!"

Sarah não resistiu ao convite. Ela deixou a bicicleta na berma e correu para o pomar. Olwen e seus companheiros se afastaram entre as árvores. Sarah, animada, correu atrás deles. Eles a chamavam provocativamente.

"Sarah!"

"Venha me pegar, Sarah!"

"Rápido, Sarah, rápido!"

Gareth deixou que ela o pegasse. Rhys a puxou para longe. Gareth a puxou de volta em um gentil cabo de guerra. Conforme ela passava de um para o outro, eles a acariciavam de uma forma cada vez mais íntima. As três mulheres se juntaram a eles e começaram a se acariciar. Num instante eles estavam deitados na grama do pomar e se beijando. Sarah não se sentia tão animada desde que era criança - e, ela tinha que admitir, tão sexualmente estimulada em toda a sua vida adulta. Ela rolou na grama com o Gareth e riu. Depois de um tempo, Olwen a colocou de pé.

"Que brincadeira! Sarah - conheça Rhiannon, Gwenda, Gareth e Rhys."

Todos eles pegaram as mãos de Sarah, acariciaram seus cabelos e a beijaram.

Gareth riu. "Venha de novo, linda Sarah!"

Rhys a beijou ternamente na bochecha. "Quando você quiser!"

Sarah riu e riu. Seus novos amigos sorriram para ela com ternura.

* * *

Paul passou rapidamente pelos portões do vicariato e saltou do Fiesta. Arthur estava ocupado arrancando ervas daninhas dos canteiros de flores que cercavam o gramado. Paul correu até ele.

"Houve um assassinato em Walden! Devo chamar a polícia!"

Ele se virou para correr para a casa.

"Reverendo Milton."

O tom de Arthur parou Paul em seu caminho.

"Eles tinha a marca de uma cruz queimada em suas testas?"

A voz de Arthur adquiriu uma profundidade acrescida de solenidade.

"Eles tinham" Paul respondeu secamente. "E você pode me dizer o que leva a Inquisição aos campos e caminhos de Walden?"

"Meu conselho para você, Reverendo Milton, é deixar este assunto de lado", afirmou Arthur sombriamente. "Não se envolva."

"Mas eu acho que vi os assassinos!" Paul alegou.

"Não interfira. Pelo seu próprio bem. E pelo de sua esposa."

"Interferir? Isto é assassinato!"

Paul se virou para a casa, mudou de ideia, voltou correndo para o carro e saiu pelo portão.

Arthur ficou olhando para ele ansiosamente.

* * *

A delegacia de polícia mais próxima ficava a quase trinta quilômetros ao norte, em um vale escarpado do outro lado das charnecas. Paulo entrou repentinamente, mas encontrou o lugar deserto. Seus gritos atraíram um sargento de plantão irritado, que se recusou a ouvir suas explosões exaltadas e o conduziu a uma sala de interrogatório, dizendo-lhe para esperar.

Ele se sentou a uma mesa na sala sem janelas e tentou organizar seus pensamentos. O que ele havia visto? O que de fato ele *tinha* visto...? De repente, tudo pareceu tão incrível que ele começou a duvidar da veracidade de sua experiência. Ele fez um esforço para aquietar sua mente e orar, mas palavras do *Rei Lear* saltaram espontaneamente em sua cabeça: *Ó! Não me deixe ficar louco, não estou louco, doce céu.* As palavras giraram e giraram até que ele se levantou e gritou PARE!!

Um momento depois, um jovem policial de aparência séria entrou e sentou-se à mesa. O policial abriu um caderno, colocou-o diante de si, mas não fez nenhuma tentativa de escrever nele.

"Você é o novo vigário em Low Moor?" o policial começou.

Paul retomou seu assento. "Sou."

"O sargento mencionou que você viu dois cadáveres em Walden", continuou o policial com naturalidade.

"Acho que os pescoços deles estavam quebrados", respondeu Paul. À medida que as imagens horríveis surgiam em sua mente, sua turbulência de dúvida desapareceu. Como ele poderia ter imaginado algo tão grotesco?

"Entendo", disse o policial, franzindo a testa. "Não recebemos relatos de pessoas desaparecidas ou de mortes em Walden, senhor."

"Não? Bem, estou relatando um agora", respondeu Paul. "Duas mortes, na verdade."

"Obrigado por se dar ao trabalho de entrar, senhor." O policial abriu um sorriso próximo da gratidão e acrescentou, como se estivesse lendo um roteiro preparado. "Vamos certamente aproveitar todas as oportunidades para investigar isso."

"Eles estavam em um campo de batata. Posso levá-lo direto para lá."

O policial abriu seu sorriso de foto. "Isso não será necessário, senhor. Nós cuidaremos disso. Mas obrigado por sua oferta."

Paul não conseguia mais controlar sua irritação com o que sentia que estava se tornando uma farsa. "Olha, policial, eu vi os assassinos. Eles estavam saindo de cena."

"Você viu esses supostos assassinos matando as supostas vítimas?" perguntou o policial.

"Não... Mas eu sei que foram eles. Posso te dar uma descrição."

"É muita gentileza de sua parte, senhor, mas assumiremos a partir daqui", afirmou o policial com firmeza.

Paul fez o que considerou um último gesto vazio: "Gostaria de visitar as famílias dos falecidos e oferecer minhas condolências. É meu dever como vigário deles."

"Ainda não sabemos se alguém morreu, senhor." O policial acrescentou o que pareceu a Paul não mais do que um pensamento posterior vazio. "Quando tivermos provas, entraremos em contato."

"Haverá uma investigação, certo, policial?" Paul perguntou, batendo em ondas de desespero.

O policial se levantou. "Não tenha dúvidas sobre isso, senhor. Seremos tão meticulosos quanto necessário. Mandaremos um carro imediatamente e faremos perguntas." Ele pegou seu caderno vazio.

Paul se levantou também. "Estou certo em pensar que esta situação já aconteceu antes, policial?"

"Eu não poderia fazer nenhum comentário sobre isso, senhor", respondeu o policial em tom de conclusão.

* * *

Paul, tendo fugido de dois dos assistentes do bispo com seu jogo de pés ágil e determinado, encontrou - mais por sorte do que por julgamento - Hugh Mortimer vestido informalmente sentado em sua sala de estar privada. O bispo estava assistindo a um DVD de *The Sound of Music* e cantando alto, mas ligeiramente desafinado para *Climb Ev'ry Mountain.*

Ele se levantou quando Paul entrou e tentou bloquear a visão da TV, colocando seu corpo generoso na frente dela. Ele parecia ter perdido o controle remoto e os dois homens se pegaram gritando acima dos acordes da música.

"Reverendo Milton!" o bispo exclamou.

"Meu Senhor Bispo!" Paul respondeu. Ele viu o controle remoto saindo de baixo de uma almofada no sofá, agarrou-o e colocou o DVD no mudo.

"Este é meu tempo privado, Reverendo Milton." O bispo afirmou, superando seu constrangimento inicial. "Você deveria ter marcado um encontro."

"Agricultores assassinados em Walden tinham um encontro, que terminou com dois pescoços quebrados! Para minha surpresa, a polícia não demonstrou interesse! O que a Igreja tem a dizer?"

O bispo engoliu seu choque. "Assassinados?" ele conseguiu deixar escapar.

"Precisamente. Por dois dos homens de Dodds. O que exatamente está acontecendo?"

Os assistentes do bispo apareceram na porta. O bispo acenou para que eles se afastassem e indicou uma cadeira.

"Por favor, sente-se, reverendo Milton. Vamos conversar como homens civilizados."

Paul e o bispo sentaram-se frente a frente em poltronas Lancaster laterais. O bispo havia recuperado a compostura.

"Você deveria falar com o Reverendo Dodds sobre este

assunto. A seleção dos encarregados de Low Moor e Walden é parte das funções dele, não minhas."

"Então você está abdicando da responsabilidade pelo que acontece em Walden?" Paul respondeu com raiva.

"Estou simplesmente apontando que qualquer problema que você acha que pode ter encontrado em Walden deve ser encaminhado ao Reverendo -"

Paul estava de pé. "Meu senhor bispo, eu sei o que vi! Alguém deve assumir a responsabilidade! Mas obviamente não vai ser você!"

O bispo se irritou. "Eu não ligo para o seu tom, Reverendo Milton!"

"E eu não me importo com o seu!"

Os assistentes do bispo apareceram na porta. Eles devem ter sido convocados por um dispositivo oculto na cadeira do bispo, Paul percebeu mais tarde.

O bispo se levantou. "O Reverendo Milton já estava de saída."

Paul ignorou os assistentes e saiu da sala.

Quando ele se foi, o bispo retornou para sua poltrona. Por um bom tempo ele ficou sentado com os olhos fechados, uma expressão angustiada tomando conta de suas feições. O DVD *The Sound of Music* continuou tocando silenciosamente ao fundo.

* * *

Paul se sentou à janela da sala de estar do vicariato, refletindo sobre os acontecimentos inquietantes do dia. Quanto mais ele os repassava, mais a sequência inteira parecia um sonho.

Tinha gatos na cabana em Walden, ele tinha marcas de garras na gola de sua jaqueta para provar isso. E tinham dois corpos no campo, ele não podia ter inventado eles. Todo o ambiente de Walden o perturbava. Era como se regras diferentes se aplicassem lá e ele era a única pessoa que não entendia o que eram.

Seus pensamentos foram interrompidos quando Arthur entrou com uma cesta de toras e a colocou ao lado da lareira.

"Você vai precisar disso, Reverendo Milton. As noites estão ficando frias."

Paul se levantou e se virou para o caseiro. "Eu não consigo entender isso, Arthur." Ele jogou as mãos no ar em um gesto de desespero. "A atitude da polícia sugere algum tipo de crise em curso em Walden. Vou ligar para o bispo. Vou pedir para ele falar com o chefe de polícia. Preciso saber o que está acontecendo - sou o vigário de Walden também!"

Arthur parecia preocupado. "Por favor, Reverendo Milton, não agite as coisas. Você vai criar mais problemas para si mesmo."

A irritação levou Paul a atravessar a sala. Ele encarou Arthur furiosamente. "O que está acontecendo, Arthur? Aqueles fazendeiros foram vítimas de uma reconstituição de uma batalha da guerra civil que deu errado? Ou foi, como eu acho que foi, um assassinato calculado?"

Arthur parecia estar lutando contra uma enorme relutância em responder. Ele finalmente superou, meramente por educação, Paul sentiu, mais do que por qualquer senso de obrigação moral.

"Apenas observe, Reverendo Milton. Não reaja. Essa é a melhor maneira de descobrir o que está acontecendo aqui." Arthur de repente parecia desamparado até, pensou Paul, um pouco assustado. "Fale com o Dodds. Ele sabe tudo. Por favor, eu não posso responder mais nenhuma pergunta."

Quando Arthur foi embora, Paul leu seu livro de orações ao lado de uma lareira que ardia intensamente. Ele leu as palavras, mas elas tinham perdido totalmente o significado.

Imagens de moradores mortos e monges de túnica marrom dilaceraram suas emoções e paralisaram seu intelecto. Quando ele deixou o livro de lado, sentindo-se infeliz, Sarah entrou, radiante e superexcitada.

"Que lugar maravilhoso!" ela exclamou.

"O que?" ele perguntou confuso.

"Walden, é claro! É tão lindo e frutífero! Essas pessoas estão realmente em sintonia com a natureza. Nunca vi pomares tão carregados tão ao norte!"

Ela se jogou em uma poltrona. Ele reprimiu seu alerta.

"Como foi seu dia?" ela perguntou radiante. "Você viu a igreja de St Martin?"

Ele lutou contra suas emoções, momentaneamente sem palavras.

"Beryl estava no mercado semanal e disse que viu você saindo da delegacia. Você testemunhou um crime?"

A palavra *crime* direcionou seus pensamentos. "Acho que devemos conversar sobre Walden" ele conseguiu dizer.

"Conversar? Para quê?" ela riu. "É ótimo lá! Aproveite!"

"Não é o que parece", respondeu ele de forma sucinta.

"Bobagem. O que há com você hoje?" ela perguntou indignada.

Ele não conseguia falar. Ele se sentiu destruído pela confusão e ansiedade. O que ele poderia dizer a ela? Ele não conseguia explicar os eventos do dia nem a ele mesmo. Ela estava tão feliz. Ele não a via assim desde as primeiras semanas de seu casamento. Ele não conseguiria acabar com o humor dela.

Mas ele deve. Ele não tinha escolha.

Ela parecia alheia ao conflito dele. Ela se levantou em um pulo. "Vou tomar banho. Tenho sementes nos sapatos e folhas no cabelo." Ela saiu da sala.

Ele hesitou, então correu até a porta.

"Saraaaah!"

Mas ela já havia desaparecido no andar de cima.

* * *

Paul entrou no quarto de cueca boxer com um copo de leite. Sarah estava lendo na cama. Ela colocou o livro de lado.

"Vamos começar nossa pequena família?"

"Pequena?" ele perguntou precavidamente.

Ela riu. "Três."

Ela puxou as cobertas e o puxou para a cama. Ele se soltou e começou a rir. Ela começou a acariciá-lo.

Ele viu Olwen em sua forma mais jovem, nua e em excitação sexual, refletida no espelho da penteadeira. Olwen parecia estar olhando diretamente para ele enquanto ela tocava os seios.

"Não!" ele gritou inquieto. "NÃO!!"

Ele se levantou da cama e jogou o resto do leite do copo no espelho. O leite apagou a imagem de Olwen.

Sarah se sentou consternada. "Paul, o que há de errado?"

"Mariposas!" ele respondeu, receoso e confuso.

"Mariposas?" ela repetiu. "Você ficou louco?"

Ele se voltou para ela, suas emoções girando em queda livre. Mas foi Olwen quem ele viu no lugar de Sarah na cama. "Afaste-se!" ele gritou. "AFASTE-SEEEEEE!"

Ele saltou sobre Olwen e começou a estrangulá-la. Olwen desapareceu. Ele tirou as mãos trêmulas do pescoço de Sarah.

"Ai! Você me machucou." Ela esfregou o pescoço. "Você ficou completamente maluco? Está tentando inventar alguma nova brincadeira sexual?"

"Desculpe" ele deixou desabafou. "Eu estava... exagerando."

Ele se sentou na beira da cama, com a cabeça entre suas mãos.

"Qual o problema agora?" ela disse, zangada. "Não vamos fazer sexo? Você parecia que queria."

Ele balançou a cabeça. "Eu não posso."

* * *

O reverendo Dodds, engajado no exorcismo da igreja de Todos os Santos, estava diante do altar, no qual quatro velas foram colocadas, uma em cada canto. Dois monges ajudavam.

"*Dos enganos e artimanhas do Maligno, ó Senhor, livra-nos. Para que Te agrade governar Tua Igreja em paz duradoura e verdadeira liberdade, Nós Te imploramos, ouve-nos*".

Ele levantou sua cruz. Os monges borrifaram água benta dos frascos em volta do altar.

Paul, parecendo abatido e escondendo sua barba por fazer, entrou na capela-mor. "Assassinos!" ele urrou. "Vou fazer a prisão como um cidadão!"

Ele tentou pegar o monge mais próximo. Antes que pudesse colocar a mão nele, o monge o jogou de bruços no chão, colocando o joelho nas costas de Paul, as mãos em volta da testa, prestes a jogar a cabeça para trás e quebrar o pescoço.

"Basta!"

Ao comando de Dodds, o monge soltou Paul. Ele se levantou com dificuldade.

"Saiam da igreja!" Paul gritou. "Não quero assassinos sob este teto sagrado!"

"Nós não respondemos a você, Reverendo Milton." Dodds pronunciou-se friamente.

"A quem, então?" Paul perguntou com raiva.

"A Deus. E somente a Deus." Dodds respondeu.

"Deus!? Você trabalha para Deus?" Paul gritou em desespero. "Sua hipocrisia me surpreende!"

"Você está seriamente enganado aqui, eu acho." Dodds afirmou calmamente.

"Eu não estou enganado!" Paul gritou, afrontado com a atitude de desprezo do homem. "Eu vi seus assassinos fugindo! Que tipo de cristão mata agricultores de batata inocentes?"

"Não existe tal coisa como inocência em Walden, Reverendo Milton!" Dodds trovejou.

"O que quer dizer com isso?" Paul perguntou calorosamente.

"Você vai descobrir - e muito em breve! Se você quer saber, eu sou um recuperador de almas. Daqueles que escorregaram do caminho. E há muitos em Walden. Fui designado com a tarefa de recuperá-los."

"Designado?" Paul perguntou incrédulo. "Por quem?"

"Não posso dizer." O Reverendo Dodds olhou ameaçadoramente para Paul. "E certamente não para um *vigário*."

A palavra *vigário* foi pronunciada com mais desgosto do que Paul jamais havia ouvido em sua vida. O desprezo de Dodds alimentou sua indignação - ele não deixaria esse suposto *reverendo* em dúvida sobre seus sentimentos.

"Esta é a minha obra assistencial!" Paul afirmou friamente, mas com firmeza. "Me deixe fazer meu trabalho!"

"Estou aqui apenas para exorcizar a igreja." Os olhos de Dodds pareciam perfurar o rosto de Paul como armas. "Há forças malévolas aqui. Veja e aprenda." Ele se virou para os dois monges. "Vão fazer seu trabalho."

Um monge borrifou água benta ao redor da capela-mor. Espantado, Paul observou pequenos demônios alados, em aparência superficial parte sapo, parte morcego, fugir de debaixo dos bancos e tentar voar para os cantos escuros do telhado. Antes que pudessem escapar, o segundo monge preparou uma besta, mergulhou as pontas de suas flechas em um frasco de enxofre e os abateu.

Os demônios gritaram horrivelmente e murcharam em uma explosão de fumaça, caindo no chão como trapos nojentos.

Os dois monges os pegaram nas pontas das facas e jogaram os restos mortais em um saco.

Paul assistiu ao processo horrorizado. "Que tipo de bruxaria nojenta é essa?" ele exigiu.

"Você vê, não é? Você tem olhos?" Dodds lançou as palavras em Paul como um tiro de elfo letal. "Eles são apenas espíritos fracos. Temos sorte. Espere até que estejamos lutando contra os deslocadores de almas!"

"Eu vou te denunciar para o bispo por conjurar demônios!" Paul afirmou ameaçadoramente.

"Informe, reverendo Milton! O bispo vai se divertir com você, eu acho." Ele fez uma pausa, estudando sombriamente Paul. "E não adianta ir ao palácio gritando e dando ultimatos. Esteja avisado: você estará colocando seu próprio futuro em risco."

Paul mal podia acreditar no que estava ouvindo. "Você está me ameaçando?"

"Você pode ler em minhas palavras o que quiser", respondeu Dodds.

"Por que você me quer aqui?" Paul perguntou. "É só pelas aparências?"

"Eu preciso que você seja meus olhos e ouvidos nas paróquias."

"Um espião?" Paul perguntou em desespero.

"Sim, um espião, se quiser. Você deve estar vigilante e em guarda o tempo todo. Dividir para governar é o objetivo desse culto de Walden."

"Mas o que está acontecendo aqui, Dodds?" Paul perguntou, com sua raiva crescendo novamente.

"Certamente é óbvio, Reverendo Milton?" Dodds olhou feio para Paul com fria condescendência. "Nós estamos em guerra!" Ele fez um gesto categórico ao redor da igreja. "Você verá que a atmosfera aqui melhorou muito agora, eu acho."

Reverendo Dodds e os dois monges, carregando seu saco de demônios mortos, se afastaram da igreja.

Paul afundou em um banco, repentinamente exausto. Ele sentiu seu senso de realidade, o que quer que tenha sido, escorregando além da lembrança.

CAPÍTULO SETE

Paul correu pelo portão do cemitério de St. Martin. Um cavalete vazio estava entre as lápides e a grama alta. Não havia sinal de Olwen. Ele caminhou entre as lápides, lendo os nomes dos mortos: *Pugh, Jones, Davies, Evans, Hughes, Williams, Owen...*

Ele parou e refletiu. Eram todos nomes Galeses. Nenhum Saxão ou Nórdico. Então ele percebeu: Walden - o Vale dos Galeses. Um enclave Celta. E Olwen Williams, sua sacerdotisa pagã.

Ele viu duas sepulturas não identificadas, com oferendas de flores, frutas e vegetais dispostos em uma das extremidades. Ele olhou para elas, perguntando-se se Dodds e seus monges bandidos haviam sido bem-sucedidos em recuperar as almas daqueles infelizes locais. A igreja e o cemitério não foram desconsagrados, mas os ritos funerários sem dúvida foram pagãos. Então quem era os felizardos? Ele não tinha respostas claras.

Entrando na igreja em ruínas, ele parou sob as cabeças esculpidas no arco da torre. Seu olhar se fixou na cabeça central, a do gigante. Ele encarou fixamente para a boca aberta, com a figura nua em suas mandíbulas prestes a desaparecer, como se a intensidade de seu foco pudesse elucidar o mistério que o cercava.

Antes que ele tivesse tempo de evitar, sua percepção pareceu se desprender como uma força ativa separada e voar através da boca do gigante para a escuridão. A escuridão se tornou uma centrífuga rodopiante de energia, sugando sua percepção para dentro com um poder irresistível. Pareceu a Paul que todo o seu ser não físico estava girando com a energia como uma minúscula nave em um redemoinho.

Então, de repente, um som. Ou mais precisamente, uma vibração. A princípio fraca, depois mais forte. Um pulso crescendo como um tambor retumbante até que parecia ser o único som que restava no mundo. A princípio, ele não conseguia aceitar o que sua inteligência estava lhe dizendo. Era impossível que ele estivesse captando uma vibração como a pulsação de um coração.

Ele correu da varanda em ruínas, agitando os braços, lutando para respirar. Ele estava suando abundantemente, suas feições tensas de terror. Ele se encostou na parede do cemitério, seus olhos fechados, recuperando a compostura devagar. O que foi isso, ele se perguntou, o que *foi* isso que ele havia vivenciado? As batidas de seu próprio sangue, com certeza. O que mais poderia ser?

Ele não a ouviu entrar no cemitério, mas, quando abriu os olhos, Olwen estava na frente dele, em sua forma maternal.

"Parece que você levou um choque", disse ela, em um tom que parecia genuíno.

Por um instante, ele estava surpreso demais para falar. Então, uma torrente de raiva o invadiu. "Por que você está me assediando?" ele gritou. "O que eu fiz para te machucar? Por que você não pode me deixar em paz para continuar com minha vida?"

Ela sorriu para ele, inabalável. "Você quer a verdade?" Ela

não esperou pela resposta. "Isto -" ela fez um gesto apontando para a igreja e o cemitério - "isto já foi nosso, um santuário da Antiga Religião. Os cristãos o roubaram. Eles roubaram todos os antigos lugares sagrados. E as pessoas eram fracas. Eles se permitiram ser enganados, em vez de se levantar e jogar os cristãos no mar." Ela olhou para Paul com pena. "Você quer trabalhar para um bando de ladrões? Eu posso te oferecer a verdadeira iluminação. O que Dodds te deu? Um vicariato - e escravidão!"

"Não sou escravo de ninguém!" ele gritou. "Eu sou um homem livre!"

"Dodds requer obediência", ela respondeu com calma. "Eu chamo isso de escravidão."

Ela se afastou dele, se transformando em seu eu mais jovem. Ela se virou de volta e segurou suas mãos. "Esqueça Dodds. Venha para mim. Vamos nos divertir, você e eu!"

Antes que ele pudesse se recompor, sua determinação foi deixada de lado. Eles se abraçaram apaixonadamente. Eles se beijaram e rasgaram as roupas um do outro...

Ele de repente se afastou.

"NÃO!!" Ele a empurrou. "Eu levo minha vida seguindo as minhas crenças, não as suas!"

"Mas eles te disseram no que acreditar, não disseram, padre?" Ela soltou uma risada curta e áspera. "E você acreditou!"

"Não!" ele disse, com raiva. "Eu me decido sobre todas as coisas!"

Ele a encarou. Com as emoções agitadas, ele saiu correndo do cemitério.

Ela voltou à sua forma mais velha, observou ele correr apressado pela estrada e sorriu.

* * *

Sarah pedalava rapidamente pelas ruas de Walden. Ela parou embaixo do galho saliente de uma macieira, olhou em volta para se certificar de que não estava sendo observada e depois pegou uma maçã. Ela mordeu, saboreando sua doçura.

Rhiannon saiu das árvores. "Elas não estão completamente maduras ainda. Você deveria provar as do outro pomar." Ela riu da expressão de culpada de Sarah. "Venha, fique conosco. Divirta-se."

Olwen, Sarah, Rhiannon, Gwenda, Rhys e Gareth colheram maçãs em um pomar próximo.

Sarah olhou para as árvores carregadas. "Eu amo isso aqui. Uma pena que o mundo inteiro não seja assim."

Olwen sorriu para ele carinhosamente. "Não se preocupe. Sua tristeza logo será curada."

"Como você sabe que eu estou triste?" Sarah perguntou.

"Mulheres mais velhas conseguem saber." A expressão de Olwen era bondosa, mas séria. "Você perdeu alguém próxima a você recentemente, não foi?"

"Como você sabia?" Sarah perguntou surpresa. "Foi a minha mãe. Quase um ano atrás."

Olwen estudou o rosto de Sarah atentamente. Embora ela não tenha feito mais perguntas, sua atitude simpática pareceu um convite para novas confidências.

"Foi um ladrão de carros", disse Sarah finalmente. "Foi uma morte tão sem sentido. Como isso pôde acontecer no mundo de Deus? Meu marido perdoou o jovem rapaz. Mas eu não consigo." Ela chorou um pouco, não conseguiu evitar. "Sinto tanto a falta dela." Ela pegou uma fotografia de sua bolsa e a mostrou para Olwen. "Eu levo isto pra todo lugar."

Olwen estudou a fotografia. Sua atenção parecia se focar nela como uma força da natureza. "Ela parece uma pessoa adorável" ela disse, finalmente. "Consigo entender porque você sente falta dela."

Gareth pegou a mão de Sarah. "Pobre Sarah. E Deus não ajudou."

"Acho que ele se tornou tão remoto que não se relaciona com as pessoas", disse Gwenda com tristeza. "Ele se isolou de nós. Ele realmente não se importa."

"Mas nós estamos aqui agora." Rhiannon acariciou o cabelo de Sarah.

"E nós nos importamos." Rhys pegou a outra mão de Sarah.

Eles se abraçaram e beijaram Sarah, um de cada vez.

"Nós sempre estaremos aqui para você, Sarah", Olwen sorriu. "Você sabe disso, não sabe?"

Sarah sorriu para eles em meio a lágrimas de gratidão.

A alguma distância, em terreno elevado, o Reverendo Dodds observava a cena com binóculos. Dois monges com bestas estavam atrás dele, seus olhos movendo-se cautelosamente sobre a paisagem ao redor, à espera de um ataque surpresa dos habitantes locais.

Por fim, Dodds baixou os binóculos e sorriu com uma satisfação sombria. "Exatamente como eu pensei." Ele olhou para seus companheiros. "A bruxa mordeu minha isca. Não vai demorar até ela iniciar sua próxima ofensiva."

* * *

Olwen e Sarah estavam sozinhas no pomar de maçãs. A luz do sol se pondo, filtrada pelas folhas, tocando as árvores com um brilho dourado salpicado. Sarah se encostou no galho baixo de uma macieira, enquanto Olwen, sentada na grama, a desenhava em um grande bloco de desenho.

Depois de um tempo, Olwen se levantou. "A luz está diminuindo." Ela fechou seu caderno de rascunhos. "Eu termino depois." Ela deu um beijo na testa de Sarah. "Você é uma garota tão adorável. Você é quase como uma filha para mim."

Sarah sabia que estava ficando vermelha com o elogio inesperado. "Você fez eu me sentir bem vinda aqui. Nunca tinha experimentado nada como isso."

"Nem todos são bem vindos em Walden", Olwen respondeu com seriedade. "Nós preferimos almas gentis e sensíveis aqui. Pessoas como nós." Ela apontou seu caderno de rascunhos. "Isto pode ser nosso segredo? Eu gostaria que fosse uma surpresa para seu charmoso marido."

* * *

Paul bebeu chá perto de uma lareira na sala de estar do vicariato. Ele parecia perturbado e preocupado. O livreto de *St Martin* estava aberto na mesinha de centro. Sarah entrou na sala.

"Você está atrasado", ele retrucou. Ele não se virou.

"E daí? Eu não sou uma criança!" ela respondeu enfática. "Eu não preciso de um acompanhante."

Os modos dele suavizaram. "Eu estava preocupado."

"Estive com meus amigos em Walden. Estava perfeitamente segura."

Ele deu um pulo. "Fique longe de Walden! É perigoso! Você nunca deve voltar lá!"

Ela ficou surpresa com sua veemência. "Perigoso? Como?"

Ele não conseguia explicar. O que ele poderia dizer que não a aterrorizasse, que não perturbasse o já precário estado de suas emoções? Ela poderia nem acreditar nele. E então ele teria que falar tudo, cena por cena macabra.

Ele teria que mencionar Olwen e seus avanços sexuais, parte dos quais, ele agora acreditava firmemente, eram o resultado de seus próprios desejos. Sua tentação era uma cruz particular e pessoal que ele teria que suportar, uma situação que teria que superar.

Não, era impossível. Ele não podia dizer mais nada sobre Walden.

"Não quero te aborrecer" ele conseguiu dizer finalmente. "Só acredite em mim. Fique longe de Walden. Por favor."

Um olhar furtivo e ressentido apareceu em seu rosto. "Tudo bem. Você quem manda." Ela girou nos calcanhares e saiu da sala.

"Nós somos um time!" ele gritou, tarde demais.

* * *

Paul estava deitado na cama de dossel. Os eventos do dia o deixaram exausto e ele dormia profundamente. Sarah, em um sono leve, se movia inquieta. Ela acordou assustada.

Uma figura com um xale estava ao pé da cama, de costas para ela. A figura, com a cabeça abaixada, se virou. Sarah se sentou, soltando um pequeno grito assustada.

"Mamãe! Ah, mamãe!"

Sua mãe levantou a cabeça e olhou para ela. "Silêncio, Sarah, querida. Fique em paz. Estou muito contente por você. Sei que encontrou uma nova amiga. Vim até você para te dizer que Olwen Williams será um grande conforto para você. Ela será mais próxima ainda do que Paul. Ouça-a. Siga o conselho dela em todas as coisas."

"Sim, mãe. Obrigado. Eu irei." Sarah respondeu obedientemente.

"Sinto muito não poder estar lá para você" sua mãe continuou. "Mas agora você encontrou a Olwen e será feliz finalmente."

Sua mãe dissipou e desapareceu lentamente.

"Mãe! Mãe! Por favor, fique comigo mais um pouco!" Sarah gritou, saltando da cama. Mas sua mãe havia partido.

Ela se sentou na cama, repentinamente desolada, mas também surpreendentemente alegre. Paul se mexeu e acordou.

"Foi um pesadelo?" ele perguntou sonolento.

"Não foi nada", ela respondeu com desdém. "Volte a dormir."

Olwen sentou-se perto do fogo em seu porão. Ela encarava as chamas. Em sua mão, ela segurava uma foto da mãe de Sarah.

* * *

Paul, vestindo seu terno e colarinho clerical, estacionou seu carro no estacionamento do recinto da catedral. Ele se apressou em direção a um bloco de edifícios eclesiásticos, construídos de maneira atraente com tijolos suaves do século XVIII.

Dez minutos depois, ele estava sentado impacientemente na sala do bispo, suportando o ritual de beber chá e se perguntando por que o bispo o havia chamado.

"Espero que você tenha se recuperado de sua crise, Reverendo Milton", disse o bispo com um sorriso solícito, "e que finalmente esteja se acomodando."

A raiva de Paul o colocou de pé. "Não, meu Senhor Bispo, infelizmente não me recuperei. Que tipo de igreja é essa que emprega assassinos? Estou preso entre os capangas de Dodds e uma aldeia cheia de pagãos! O que devo fazer?"

Ele optou por não mencionar Olwen Williams. A influência dela sobre ele era um assunto subjetivo que somente ele poderia resolver.

O sorriso do bispo escorregou um pouco para o lado, mas parecia relutante em se afastar totalmente, dando a suas feições uma aparência torta, como se ele tivesse sido atacado de repente pela paralisia de Bell.

"Toda obra assistencial tem seus próprios desafios, Reverendo Milton. Devemos aceitá-los como um teste de nossa fé. Tenho certeza que você estará à altura desta provação."

"Mas eu estou certo que nunca estarei" Paul respondeu.

"Nada em minha vida me preparou para uma situação como esta. Devo requisitar uma transferência."

O bispo suspirou. "Temo que devo recusar seu pedido."

"Eu vou para a imprensa!" Paul disse em desespero. "Eu vou dizer a eles a verdade sobre o que está acontecendo aqui!"

O bispo balançou a cabeça. "Você acha que um escândalo iria mudar alguma coisa em suas paróquias? Eu duvido muito. Devo te pedir para exercer coragem e moderação, Reverendo Milton. Olhe o que aconteceu com o pobre Reverendo Oliver."

"Você está me ameaçando?" Paul perguntou com raiva e surpresa.

O rosto do bispo endureceu ligeiramente. "Você está exagerando, Reverendo Milton. Por favor, se acalme." Ele apontou para uma cadeira. "Sente-se, por favor."

Paul permaneceu de pé. O bispo o estudou, como um diretor poderia considerar um aluno talentoso, mas rebelde.

"Esteja certo, Reverendo Milton", continuou o bispo, "que a Igreja sempre irá te apoiar."

"Como apoiou Michael Oliver?" Paul retrucou furiosamente. "Dodds o transferiu para um manicômio particular!"

"Tenho certeza de que o Reverendo Oliver estava recebendo os cuidados apropriados." O bispo se apressou antes que Paul pudesse levantar mais objeções. "Você deveria ser orientado pelo Reverendo Dodds. Ele, não eu, foi o responsável por sua nomeação."

"Mas com certeza você tem autoridade sobre Dodds?" Paul perguntou espantado.

"Não. O Reverendo Dodds te escolheu para um papel especial. Não há nada que eu possa fazer para mudar isso. Os deveres dele são separados dos meus."

O bispo recostou-se na cadeira e sorriu benignamente para o pupilo rebelde.

Demorou alguns instantes para Paul compreender as

implicações das palavras do bispo. Ele mal podia acredita no que seu intelecto lhe dizia.

"Nós estamos falando de uma igreja dentro da Igreja - Estou certo, meu Senhor Bispo?"

O bispo ficou perturbado com seu comentário, ele percebeu. Ele observou o homem se contorcer inquieto, então rapidamente recuperou sua compostura treinada.

"Essa é uma frase interessante, reverendo Milton. Mas temo que - se você decidir usá-la descuidadamente - pode lhe causar muitos infortúnios."

* * *

Paul atravessou o recinto, suas emoções oscilando entre o horror e a indignação. Dodds o havia levado a uma situação insuportável. E agora ele havia levado um relutante bispo para seus esquemas. Ele não tinha ninguém ao seu lado. Ele foi pego em uma terra de ninguém entre duas forças opostas, nenhuma das quais ele tinha qualquer lealdade ou cujo comportamento ele poderia tolerar. Ele não tinha escolha a não ser se demitir.

Mas algo o estava impedindo de fazer isso. Por um momento, sua mente era uma tempestade de confusão. Então ele percebeu o que o impedia. Era simplesmente a curiosidade. Ele havia se envolvido involuntariamente em um mundo muito distante do que passava por normalidade. E isso o intrigava. Ele queria descobrir mais, contanto que não custasse demais.

Ao passar pelo último prédio do recinto em seu retorno ao estacionamento, ele avistou uma placa ao lado de um alto portal georgiano: *Instituto de Estudos Geomânticos Avançados* e, embaixo: *Diretor: Julius Dodds*. Depois do nome de Dodds, havia uma longa série de qualificações, nenhuma das quais Paul reconheceu. Sem dúvida, doutorados comprados, ele pensou.

Em um impulso, ele bateu na porta. Um monge de olhos frios, vestido de marrom regulamentar, respondeu.

"Quero falar com o Reverendo Dodds" Paul anunciou solenemente.

"E quem é você?" o monge perguntou.

"Paul Milton."

"Você tem horário marcado?"

"Claro que não" Paul respondeu com raiva. "Eu trabalho para ele."

"Sinto muito, sem horário marcado não será possível falar com ninguém", o monge respondeu friamente.

"Vamos ver!"

Paul deu um passo à frente rapidamente, com a intenção de forçar a passagem pelo monge. Enquanto ele subia os degraus e abria caminho para dentro, dois monges ameaçadores emergiram das sombras de um pequeno saguão e bloquearam seu avanço. Ele recuou.

"Agende um horário", aconselhou o monge de olhos frios.

"Ok" Paul concordou. "Vou marcar um agora."

"Lamento só poder marcar consultas por e-mail ou telefone", insistiu o monge. "E somente se o autor da chamada for um membro aprovado."

Paul pegou seu celular. "AGORA!! Eu sou um funcionário!"

Os dois monges ameaçadores pegaram os braços de Paul e o levaram para fora do prédio. Ele estava de pé novamente em um momento e na metade do caminho subindo os degraus quando o monge de olhos frios fechou a porta na sua cara.

O Reverendo Dodds observava a cena de uma janela do primeiro andar.

* * *

Paul se aproximou do balcão de informações da biblioteca municipal. A assistente da biblioteca ergueu os olhos de uma mesa coberta por papéis oficiais.

"Eu procuro algo sobre os Celtas" ele disse. "Coisas realmente misteriosas. Provavelmente algo sobre magia Celta."

A assistente lançou-lhe um olhar estranho. Ele percebeu que ainda estava usando seu colarinho clerical e não tinha pensado em removê-lo. Ele a seguiu até um conjunto de estantes na seção de não ficção, que foram identificadas como *História Britânica / Folclore*. Havia muitas lacunas nas prateleiras, sem nenhum livro.

"Ah meu Deus!" ela exclamou. "Parece que alguém pegou todos os livros sobre folclore! Você vai ter que solicitar um."

"Não sei os títulos precisos, então talvez você possa me ligar quando alguns livros folclóricos forem devolvidos e eu venho para dar uma olhada neles", ele sugeriu.

Ele deu seu endereço e telefone e ela digitou no computador.

"Vicariato de Low Moor", ela sorriu em aparente reconhecimento. "É próximo de Walden. É uma região bonita. Mas tem que ter cuidado naquelas charnecas."

"Por que?" ele perguntou, com curiosidade imediata. "Eu acabei de chegar e não sei nada sobre a região."

"Coisa estranhas acontecem naquelas charnecas", ela respondeu misteriosamente. "Por que você não vê o que pode encontrar em um de nossos computadores?"

Ele pagou por uma hora e se sentou junto com outros leitores em uma fileira de computadores. Ele procurou por *Walden, paróquia de, Norte da Inglaterra*. Assim que ele clicou no botão de pesquisa, seu computador pegou fogo. Todos os outros computadores explodiram, um por um, ao longo da fileira. Os leitores entraram em pânico e fugiram. Ele olhou para o caos sem acreditar.

Ele saiu da biblioteca e foi para uma loja de roupas masculinas. Ele saiu poucos minutos depois usando um lenço da moda sobre o colarinho clerical.

Ele parou em frente à loja de ocultismo da cidade. O prédio

tinha *CAOS* escrito em grandes letras maiúsculas pretas e vermelhas na parede acima da porta.

As letras maiúsculas pingavam sangue falso. As janelas e porta estavam fortemente trancadas. Ele apertou o interfone. Uma voz suavemente veio de volta para ele.

"O que?"

"Eu preciso de um livro sobre magia Celta", ele disse para a voz.

"Ótimo", a voz respondeu. "Você veio ao lugar certo."

Ele ouviu o som da porta de segurança sendo liberada eletronicamente. Ele se viu em uma grande sala cheia de livros do chão ao teto: trabalhos sobre magia ritual tradicional, magia do caos, The Golden Dawn, bruxaria, a Cabala, OVNIs, o paranormal e livretos sobre Tarot, caça à linhas de ley, geometria sagrada e OOBEs. Havia toda uma seção com seis prateleiras sobre folclore. Ele se perguntou se era aqui que os livros da biblioteca tinham ido parar.

Ele esperou no balcão. O assistente da loja ocultista, um gótico gigantesco, se aproximou com um livro intitulado *Ritos Antigos dos Celtas Pagãos*.

"Coisas incríveis pra caralho aqui, cara! Não vai encontrar isso em bibliotecas acadêmicas."

Paul sorriu amplamente. "Era isso que eu queria ouvir."

Ele pagou e o gótico embrulhou o livro em papel pardo comum.

"Por que toda a segurança?" Paul perguntou, fingindo ignorância.

"Cristãos", o gótico o informou com uma carranca. "Eles gostariam de nos fechar. Aqueles monges de túnica marrom são os piores. Malditos fanáticos! Tentaram nos lançar uma bomba incendiária há um mês. Tive de repintar a parede da frente."

Paul saiu com seu pacote marrom anônimo. Ele ficou

aliviado por ter tido a presença de espírito de cobrir seu colarinho clerical.

* * *

Ele se aproximou dos escritórios da *The Northern Gazette*. Ele espiou pela janela, passou por ela e virou rapidamente em um beco lateral.

Ele estava satisfeito porque parecia não haver câmeras de vigilância em qualquer lugar por perto.

A primeira porta que encontrou estava trancada, mas a segunda cedeu ao seu toque e ele correu direto para os fundos do jornal.

Ele subiu uma escada correndo, passou rapidamente pelos corredores do primeiro andar, olhando para as salas onde os funcionários trabalhavam ativamente. Finalmente ele encontrou um escritório vazio, com um computador em cima da mesa. O computador estava ligado. Ele entrou rapidamente na sala.

Ele se sentou e digitou no computador *Walden Moor*. Quando ele clicou em *Pesquisar*, páginas com artigos de jornal apareceram na tela. Ele percorreu os artigos, lendo frases estranhas que chamaram sua atenção. Manchetes gritavam: *MISTÉRIO DO DESAPARECIMENTO DE MULHER. NENHUM RASTRO DE MULHER PERDIDA NAS CHARNECAS. BUSCAS POR MULHER DESAPARECIDA CANCELADAS.*

Ele imprimiu página após página, pegou uma pasta de documentos e colocou as páginas impressas dentro. Ele tinha acabado de imprimir a última página quando o computador explodiu em chamas.

"Tarde demais!" ele exclamou com uma risada cruel.

Quando ele saiu do beco de volta para a rua, ele ouviu o som do alarme de incêndio.

CAPÍTULO OITO

P aul entrou na nave da igreja de Todos os Santos. Arthur estava ocupado arrumando uma nova iluminação para o púlpito.

"Arthur", disse ele severamente, "precisamos conversar."

Eles se sentaram juntos em um banco, com os artigos da *Gazette* entre eles. Paul pegou um dos artigos.

"Joan Preston desapareceu em Walden em 1985. Ela nunca foi encontrada. Eu encontrei seu livreto recentemente."

Ele pegou o livreto de *St Martin* e apontou para o nome da dona e a data: *Joan Preston. Durham. 1985.*

"Eu o encontrei escondido no escritório do vicariato", continuou Paul. "Como assim? Ela estava tendo um caso com um vigário?"

Arthur parecia cada vez mais desconfortável. Ele mal parecia capaz de olhar os documentos que Paul brandia diante de seus olhos.

"Vamos lá, Arthur", Paul insistiu. "Eu quero respostas!"

"Eu acredito que o Reverendo Reed encontrou o livreto... na igreja de St Martin." Arthur começou hesitante. "Ele era o vigário aqui na época."

"Ela foi lá. Então ela desapareceu." Paul tentou encontrar os olhos evasivos de Arthur.

"Parece que sim", Arthur conseguiu dizer.

"Mas ela não é a única, não é?"

Arthur parecia apreensivo. Ele não respondeu.

Paul consultou outro artigo. "Esther Parks desapareceu em 1944." Ele leu no artigo:

"Esther Parks, a mãe viúva de um refugiado, estava visitando sua filha em Low Moor... Ela foi vista pela última vez em 29 de setembro, colhendo flores silvestres nas proximidades da igreja de St Martin."

Ele olhou para Arthur. "O que você acha disso?"

Arthur desviou o olhar, obviamente preocupado. Paul vasculhou mais artigos.

"Aqui temos Edmund Reason", continuou Paul, "professor da escola de Low Moor - e o autor deste livreto - que desapareceu em 1910." Ele citou outro artigo:

"Sr Reason, um solteiro de meia idade, gostava de caminhar pelas charnecas. Ele saiu em um dia de outubro e nunca mais voltou. Uma busca de quatro dias não encontrou nada."

Ele deixou o artigo de lado. "A perda de Reason... isso tem algum sentido macabro para você? Arthur - fale comigo!"

Arthur olhou para suas mãos e murmurou em uma voz tão abafada que mal era possível ouvir. "O rumor é de que todos eles foram levados."

Paul baixou a voz fingindo simpatia pelo companheiro relutante. "Levados? Por quem? Para quê?"

Arthur olhou para suas mãos. "Não posso responder isso, Reverendo Milton. Espero que um dia você possa me perdoar."

A raiva de Paul aumentou rapidamente, atormentado pela relutância do homem. "Não pode ou não vai responder? Arthur... Eu preciso entender!"

Arthur balançou a cabeça. "Não importa o que eu diga, está além do que qualquer homem pode provar." Ele olhou para Paul, com um apelo temeroso em seus olhos. "Eu devo pensar na segurança da Beryl... e na minha." Ele se levantou, pronto para ir embora. "Desculpe."

Paul também se levantou e agarrou as mãos calejadas de Arthur em um gesto espontâneo de apoio. "Não tenha medo deles, Arthur. Acredite em Deus. Nem Dodds, nem Olwen Williams podem te machucar."

"Não podem?" Arthur respondeu, puxando sua mão. "Você não conhece eles como eu." Ele parou de falar abruptamente, como se sentisse uma ameaça imediata, embora invisível. "Eu tenho que ir agora."

E assim ele foi embora da igreja.

Paul avançou para os degraus da capela-mor. Ele se ajoelhou e começou a rezar. "Senhor, ajude-me. Mostre-me o que devo fazer."

As imagens rasgaram suas emoções:

Moradores assassinados em um campo de batata, caídos juntos, como se estivessem exaustos de seu trabalho.

A sexualmente excitada Olwen, como seu eu mais jovem, acariciando seus seios em um mundo de espelhos.

O implacável e autoritário Dodds, um homem sem sentimento humano. Seus monges atirando em demônios voadores e quebrando pescoços.

As cabeças sinistras no arco da torre da igreja de St Martin, imagens de outra realidade repleta de perigos espirituais.

Ele não conseguia se concentrar. Ele desistiu e foi embora da igreja.

* * *

Paul, com suas feições cansadas pela tensão, entrou na sala de estar do vicariato. Sarah estava acendendo o fogo. Ela se virou para cumprimentá-lo.

"Pronto - olhe que fogo eu fiz para você!"

Ele ignorou o comentário dela. "Arrume suas coisas. Estamos indo embora."

Ela o encarou perplexa. "Como é?"

"Não tem nada de útil que possamos fazer aqui", sua voz tremia com a emoção reprimida. "Nós não temos uma congregação... e nunca teremos!"

"Isso é uma idiotice!" ela respondeu com veemência. "Posso sair ligando pras pessoas. Vamos fazer alguns panfletos. Vou levá-los ao redor de Low Moor."

"É um pouco tarde pra isso! Nós estamos aqui há um mês e você não fez quase nada pra ajudar."

Eles se olharam furiosamente.

Ele está tentando me punir, ela pensou, porque ele não quer que eu tenha amigos. Ele quer que eu seja sua criada particular.

Ela ia levar isso mal, ele sabia, por causa de suas noções adolescentes sobre amizade. Mas não tinha nada que pudesse fazer para mudar isso.

Ele afundou em uma poltrona. Ele sentiu o início de um cansaço colossal, que só iria piorar se eles ficassem. A causa foi um completo abatimento de espírito, resultado de uma situação obviamente fútil.

"Meu lugar é junto aos pobres", ele disse eventualmente. "Eu vou para o serviço social."

"Não acredito nisso!" Ela balançou a cabeça. "Não é do seu feitio admitir uma derrota."

"Bom, aqui está a primeira vez." Suas palavras foram como ácido jogado em seu rosto. "Estou derrotado. Estamos indo embora."

* * *

Paul e Sarah sentaram-se no Fiesta, que estava carregado com seus pertences. Ele parecia determinado e focado. Ela parecia fria e retraída. Arthur e Beryl pararam perto do carro. Arthur agarrou uma carta.

"Vou entregar isto ao Reverendo Dodds, como você pediu" Arthur disse em um tom tranquilizador.

"Obrigado, Arthur." Paul disse calmamente. "Espero que o próximo vigário se mostre mais receptivo do que eu."

Eles foram embora. Arthur e Beryl, parecendo angustiados, os observaram partir.

Paul dirigiu rápido por entre os campos além de Low Moor. O vicariato, a igreja de Todos os Santos, o vilarejo e os altos planaltos da charneca desapareceram rapidamente. Ele jogou o Fiesta estrada abaixo, engatou com força nas curvas em S e nas colinas. Sarah de repente ganhou vida.

"Eu não vou embora!"

"O que?!" Ele derrapou até parar no meio da estrada.

"Eu não posso" ela disse somente, mas com finalidade.

"Qual é o problema? Não temos vínculos aqui. Podemos voltar para a casa dos meus pais até encontrarmos outra coisa."

"Você não entende. Sinto a presença da mamãe... ao meu redor. Aonde quer que eu vá. Não consigo me isolar disso."

"É apenas uma ilusão. Você vai ficar doente de novo."

"Eu tô falando... ela está aqui!"

"Bem, então ela vai ter que vir conosco também!" ele rosnou.

Ele partiu novamente, com determinação.

"Eu te admirava", ela disse com tristeza. "Você era o meu herói. Você mudou. Você se tornou um covarde! Só um covarde foge dessa forma. Eu achava que você era um homem de Deus. Você não é nada agora."

"Eles não me querem em Low Moor", ele respondeu com raiva. "Você mesma viu. Abrimos a igreja para três cultos de domingo e ninguém apareceu. Achei que um ou dois poderiam ter entrado sorrateiramente pelos fundos simplesmente porque estavam curiosos. Mas não apareceram."

"Faça eles quererem você! Faça isso, seu covarde!" ela gritou.

"Não! Vou trabalhar aonde me querem!"

"Devíamos falar sobre o divórcio!" Ela o açoitou com as palavras.

"Ah... chantagem!"

"Se você quer ir, vá! Eu vou sair daqui. Vou andar de volta."

"Não seja ridícula!"

"É sério, Paul. Me deixe sair!"

"CALE A BOCA!!" ele gritou em fúria e desespero.

Ele tirou sua atenção da estrada por um momento e olhou para ela. Os detalhes de sua vida recente correram diante de seu olho, uma sequência que culminou na imagem de um montanhista varrido colina abaixo em uma avalanche e se dirigindo a um abismo sem fundo. Ele quase chorou com o choque da visão.

Quando ele voltou seus olhos para a estrada o mundo havia mudado. Ele pisou no freio o mais forte que pôde. O Fiesta uivou até parar a menos de um metro do contêiner de um caminhão acidentado que bloqueava toda a estrada.

Ele encarou o caminhão. A imagem terrível da avalanche imparável congelou na beira do abismo.

Ele saiu e olhou na cabine do caminhão. Estava vazio. O motorista deve ter ido buscar ajuda. Ele gritou, mas não houve resposta. Ele pegou o celular para ligar para a polícia, mas, como sempre, não havia sinal.

Sem dizer uma palavra, ele deu meia-volta com o carro e voltou para Low Moor. Ele sentiu seu rosto afundar em uma expressão de resignação cansada. Não havia escapatória. Ele tinha que aceitar isso.

No banco do passageiro, despercebida por Paul, Sarah sorriu triunfante.

* * *

De volta ao vicariato, ele ligou para a polícia e relatou sobre o caminhão. Ele ficou pasmo ao saber que um oficial havia passado naquele mesmo local não mais do que cinco minutos depois dele, mas não relatou nenhum sinal de tal veículo. Ele estava inflexível de que o caminhão estivera lá, mas sem sucesso. Ele desligou.

Ele chamou por Sarah, que estava desfazendo suas malas no andar de cima. "Sarah, você viu o caminhão bloqueando a estrada, não viu?"

Ela apareceu no patamar. "Que caminhão? Havia um pobre texugo ferido que você teve que matar. Você disse que era um presságio."

CAPÍTULO NOVE

Olwen estava sentada sozinha perto do fogo no porão de sua cabana na floresta. Velas e a lareira eram as únicas fontes de iluminação do cômodo. A grande mesa estava atrás dela, com um tampo de carvalho limpo e liso. Pesados armários antigos cobriam as paredes. O chão era composto de grandes lajes de pedras lisas e gastas por muitos anos de uso.

Seu esboço de Sarah estava sobre a lareira. Ela o pegou e estudou. Como se em um ataque de distração, ela começou a cantarolar uma melodia simples...

* * *

Sarah estava acomodada em um banco de jardim na extremidade leste da varanda. Sua bicicleta estava encostada na parede da casa atrás dela. Ela estava olhando um livro sobre artesanato tradicional rural, como palha, tecelagem de cestos e colocação de cerca. Ela cantarolou a mesma melodia que Olwen.

Ela tinha uma vista à sua esquerda do gramado e da cabana dos caseiros da igreja. Bem à sua frente ficava a horta, cuidadosamente arrumada com fileiras de legumes, onde Beryl enchia sua cesta com batatas, cenouras e as primeiras couves-de-bruxelas da estação.

"O outono está aqui e o inverno está chegando", Beryl anunciou enquanto limpava a lama de seus sapatos de jardinagem. "Precisa alimentar seu marido." Ela colocou a cesta no caminho pavimentado que separava o gramado da horta e foi para a varanda. "Eu apreciaria uma mão preparando isso, se você pudesse dispensar alguns minutos."

Sarah parou de cantarolar. "Desculpe, Beryl. Não posso ajudar agora. Preciso sair."

Deixando seu livro no banco, ela pegou sua bicicleta e saiu pedalando. Beryl, desapontada e preocupada, ficou olhando para ela.

* * *

Olwen e Sarah caminharam entre as árvores do pomar de Walden. Dois monges as observaram de uma vegetação rasteira espessa. Mais adiante, na beira do pomar, Gareth e Rhys observavam os monges.

"Estou triste por você estar tendo problemas com seu marido", começou Olwen, pegando a mão de Sarah e acariciando seus dedos longos e flexíveis. "Os homens não entendem as emoções femininas. Somente as mães apreciam os sentimentos de uma filha."

Ela colocou seu braço em volta da cintura de Sarah. Sarah apoiou a cabeça no ombro de Olwen.

"Você está se tornando tão querida para mim quanto minha própria mãe", disse Sarah com um longo suspiro trêmulo. "Estou tão feliz por ter te encontrado."

Olwen sorriu docemente. "É o destino. Era para acontecer."

Sarah se virou para Olwen de repente e a olhou bem nos

olhos. "Eu me sinto tão livre aqui. Como se eu não tivesse nenhum problema. Nós nunca vamos nos separar, certo?"

"Claro que não." Olwen sorriu de forma tranquilizadora. "Eu prometo."

Elas saíram andando por entre as árvores do pomar. Atrás delas, os dois monges jaziam mortos na grama, rápida e silenciosamente estrangulados. Gareth e Rhys conversavam com um grupo de homens locais sob as árvores. Os locais carregavam pás e uma maca leve de pinho.

* * *

Paul, com colarinho clerical e terno escuro, saiu da A181 e dirigiu lentamente pelos arredores da atraente cidade velha de Durham. Ele encontrou o endereço facilmente e parou em frente ao elegante semi-subúrbio de Monica Preston. Monica era a irmã mais nova, por dois anos, de Joan, cujo livreto Paul havia encontrado no vicariato.

Ele se sentou na sala, onde Monica serviu café e bolos. Ele sentiu que era uma mudança bem-vinda em relação aos desagradáveis saquinhos de chá do bispo. Embora tivessem se falado brevemente ao telefone, quando ele aproveitou a oportunidade para comprovar suas credenciais, ao tirar um caderno de folhas soltas de sua pasta, ele se perguntou se parecia demais com um repórter da Igreja.

O cabelo cinza-aço de Monica o lembrava muito agudamente de Julius Dodds, mas, felizmente, isso era a única coisa similar. Ela tinha uma disposição gentil e sensível e pensava cuidadosamente nas respostas antes de responder às perguntas dele.

"É muito gentil de sua parte me ver, Srta. Preston" ele começou, moldando suas feições no que esperava ser um sorriso propício. "Não quero te incomodar, mas gostaria de saber se poderíamos conversar sobre o misterioso desaparecimento de sua irmã?"

"Como eu disse ao telefone, não há muito que eu possa lhe dizer, Reverendo Milton", Monica respondeu com um sorriso de desculpas. "Espero que esta não seja uma jornada perdida para você."

"Tenho certeza que não. Eu ficaria feliz se você pudesse me dizer qualquer coisa que você ache que pode ser relevante. Qualquer pequeno detalhe, mesmo que pareça trivial."

Monica pensou por um minuto. "Foi em 1985. Ouvi da polícia que Joan estava desaparecida - lembro que era no primeiro dia de outubro - quando ela não voltou ao hotel. Havia também um vigário local, o Reverendo Reed, que encontrou meu número de telefone. Ele me ligou uma vez para me dizer que estava fazendo o possível para encontrá-la, então nunca mais ouvi falar dele. Lembro de que seus modos eram um pouco estranhos e me perguntei se ele sabia mais do que realmente estava dizendo. Mas nunca mais tive a chance de falar com ele novamente. A polícia também não tinha muito a dizer até que, depois de algumas semanas, me disseram que estavam cancelando a busca. Eu tinha colocado um apelo em todos os jornais do norte, mas não fez diferença. Ninguém parecia tê-la visto."

"Por que sua irmã estava em um hotel?" Paul perguntou.

"Joan estava de férias. Eu deveria ter estado com ela, mas não me importava com aquelas viagens dela."

O comentário dele o deixou pensativo. "Que tipo de férias sua irmã tirou?"

"Ela gostava de edifícios antigos, especialmente igrejas. Ela era obcecada pelo que chamava de *sobrevivências pagãs*. Achei tudo muito assustador."

Ele rabiscou notas enquanto ela falava. Ele tinha a sensação clara de que estava à beira de uma revelação. "Que tipo de sobrevivências pagãs?"

"Perdoe-me, Reverendo Milton, não é realmente o meu assunto, mas Joan acreditava que a maioria das igrejas antigas foram construídas em locais pagãos. Pelo menos as igrejas pré-Reforma Inglesa. Às vezes, alguns fragmentos e pedaços pagãos ainda permaneciam. Demônios antigos na decoração. Esse tipo de coisa."

"Como Joan viajava? Ela tinha um carro?"

"Ah, não. Ela usava ônibus locais." Monica sorriu indulgentemente com a ignorância dele. "Ainda havia ônibus para a maioria dos lugares naquela época."

"Ela olharia para uma igreja assim, talvez?" Ele entregou a ela o livreto de *St. Martin*, esperando que o momento não fosse muito apressado.

Monica abriu o livreto. "Ah, é a letra da Joan. Onde você -?"

"Ele apareceu no vicariato." Ele não achou prudente entrar em detalhes.

Ela enxugou os olhos lacrimejantes enquanto virava as páginas do livreto de sua irmã. "Joan esperava ir a Walden para dar uma olhada na igreja. Eu disse à polícia e eles revistaram os pântanos. Mas ninguém a viu chegar. Ela disse que a igreja encerrava um grande mistério. Algo sobre ser um portal antigo. Eu não entendi o que ela quis dizer."

Enquanto ele fazia mais anotações, ela entregou-lhe uma fotografia de Joan.

"Esta é minha irmã mais velha", disse Monica, com sua voz falhando ligeiramente. "Ela teria feito sessenta e nove anos no mês passado."

Joan Preston, de trinta e três anos, olhava para fora da fotografia, simples, constrangida, um pouco acima do peso.

"Tive a sensação mais estranha por todos esses anos," Monica continuou, "que Joan entrou por algum tipo de porta secreta em um lugar escondido e não conseguiu encontrar o caminho de volta. Tem sido realmente insuportável pensar nisso."

"Que tipo de lugar escondido?" ele perguntou, tentando manter sua onda de emoção sob controle.

"Não sei... Em algum lugar escuro, como um porão ou tumba, mas também não. Algo arquitetônico... como uma porta secreta em uma parede. Uma porta perdida ou portal que Joan encontrou por acaso."

Ele olhou para ela com horror enquanto ela enxugava os olhos novamente.

* * *

Monges com túnicas marrons e tochas de enxofre acesas moviam-se com cautela entre as lápides do cemitério de Todos os Santos. O Reverendo Dodds os observou da porta da sacristia.

Paul se aproximou com raiva. "O que está acontecendo aqui, Dodds?"

"Observe e aprenda", respondeu o reverendo Dodds com frieza.

Um monge com um lança-chamas lançou rajadas de chamas nos cantos mais escuros do cemitério. Demônios, expulsos de seus esconderijos, fugiram entre as lápides. Monges com bestas atiraram neles. Seus companheiros com tochas os incineravam. Os demônios gritaram e se transformaram em trapos fumegantes.

Paul assistiu incrédulo. Uma sensação de irrealidade o dominou. Ele poderia estar em um set de filmagem de um filme de ficção científica, mas estava em seu próprio cemitério. Sua mente balançou precariamente, como se fosse se dividir em duas.

"Um deslocador de almas!" Reverendo Dodds disparou. "Cuidado!"

Um deslocador de alma, mais uma espiral de energia cintilante do que substância física, movia-se rapidamente pelo cemitério. Paul assistiu enquanto ele pulava com violência maníaca em um velho monge, que gritou alarmado. O deslocador de alma pareceu fundir-se com o corpo do velho monge.

O velho monge caiu com um grito. O deslocador de alma parecia ter desaparecido.

Novamente o Reverendo Dodds chamou. "Ele o possuiu! Cuidem disso!"

O velho monge, totalmente transformado, levantou-se do chão rosnando e sibilando, suas feições selvagens e distorcidas. Seu olhar se fixou em Paul e ele se lançou para um ataque. Antes que Paul percebesse seu perigo, um monge caçador de demônios atirou sua tocha. O velho monge explodiu em chamas, emitindo gritos ensurdecedores.

"Ai meu Deus!" Paul gritou de horror e repulsa.

"Está livre de novo!" O Reverendo Dodds berrou. "Destrua-o!"

O deslocador de alma saiu do velho monge moribundo. Ele fugiu pelo cemitério da igreja quando o monge com o lança-chamas o interceptou com uma explosão de chamas.

Com um som crepitante como folhas secas consumidas em uma fogueira de jardim, o deslocador de almas encolheu até uma chama azul tremeluzente e desapareceu.

A caça aos deslocadores de almas continuou nos cantos escuros do cemitério. Gritos de gelar a espinha encheram a noite. Paul também teve vontade de gritar, numa tentativa fútil de banir a nova realidade impossível que o rodeava.

Ele ficou próximo ao Reverendo Dodds na porta da sacristia. Ele se sentia fisicamente mais seguro, mas espiritualmente ele estava balançando à beira daquele abismo terrível.

Dodds se virou para ele. "Agora você vê que o mal se posicionou contra nós, Reverendo Milton."

"O que são eles?" Paul perguntou em desespero.

"Eles são o exército do Diabo" Dodds declarou vigorosamente, "convocado pela bruxa de Walden. O que você viu é apenas um grupo de ataque. Toda a força está se concentrando no Outro Mundo, aguardando sua ordem. Eles só podem ser destruídos por fogo ou enxofre. Os deslocadores de alma são os piores. Eles habitam cemitérios, lugares de escuridão. Esta é a vingança dela pelo que ela imagina que fizemos a ela."

"Como, em nome de Deus, eles deslocam uma alma?" Paul perguntou, sua mente em completa confusão.

"Eles tomam posse pela boca ou umbigo, qualquer orifício adequado. Então, em suas novas formas humanas, eles se voltam uns contra os outros. Eles conhecem apenas a violência. É assim que a raça humana será destruída se não fizermos nada."

Assim como demônios e deslocadores de alma, outro assunto estava pesando na mente de Paulo. Ele decidiu abordar Dodds sobre o assunto.

"Estou tentando encontrar informações sobre Walden, mas todos os computadores que eu uso explodem em chamas. Por que isso está acontecendo?"

"Aquela feiticeira lançou um escudo protetor - um firewall oculto se você preferir - ao redor da paróquia de Walden. Somente os escolhidos podem passar por ela. Se outros tentarem, eles são removidos rapidamente. Dispositivos técnicos como computadores são simplesmente consumidos pelo fogo caso seus usuários tentem invadir seu espaço."

"Você consegue passar pelo firewall dela?" Paul perguntou.

"Minha aura pessoal é à prova de qualquer magia que ela tente infligir em mim", comentou o reverendo Dodds secamente. "A única razão pela qual você e sua esposa podem ir lá é porque ela permite."

Ele foi até o corpo carbonizado do velho monge morto e iluminou seus olhos com uma lâmpada ótica. "Sua alma ainda tem contato." Ele pressionou sua cruz na testa do monge morto. "Que Deus o readmita em Sua Santa Igreja", entoou ele solenemente. Então, virando-se para Paul: "Ele vai se unir a nós em espírito."

Terminado o trabalho por enquanto, os monges deixaram o cemitério da igreja, levando consigo o irmão morto.

"Tenha cuidado ao caminhar para casa, Reverendo Milton", observou Dodds enquanto se virava para sair. "O mundo não é mais como era antes."

* * *

Na manhã seguinte, quando Paul teve que forçar um café da manhã leve em seu estômago relutante, ele voltou ao quarto principal para pegar o livro de orações que havia deixado em sua mesa de cabeceira. Ler as orações era a única maneira de acalmar a mente e dormir. Quando ele entrou na sala, encontrou Beryl polindo os móveis.

"Você não precisa fazer isso, Beryl", ele disse. "Um pouco de limpeza não está abaixo de Sarah ou de mim."

"Eu limpei este lugar por mais de trinta anos" ela respondeu com um sorriso. "Não vejo por que eu deveria parar agora. Nos últimos cem anos e mais, os vigários aqui tiveram caseiros-assistentes gerais."

"Mas eu não tenho uma congregação" ele respondeu com uma risada. "Posso limpar o dia todo, se quiser"

"As coisas podem ficar muito agitadas aqui às vezes", ela retomou o polimento enquanto falava, "e você precisará de cada hora que vier."

"Agitadas? Não entendo."

"Você vai", ela respondeu de forma enigmática. "E então você ficará feliz por estarmos por perto!"

Ele não sondou mais, sentindo que era mais simples

acreditar em sua palavra e esperar que as novas circunstâncias *agitadas* chegassem. Ele apontou para a cama de dossel.

"Coisa estranha de se encontrar em um vicariato, não é? Você sabe como chegou até aqui?"

Ela fez uma pausa na limpeza e olhou para a cama, como se a estivesse vendo direito pela primeira vez. "Eu nunca pensei sobre isso antes, mas acho que você poderia dizer que é um pouco estranho", ela admitiu. "O Reverendo West mandou fazer, em 1990. Uma empresa distante o projetou especialmente para ele. Até vieram aqui para consertá-la."

"Por que um vigário solteiro iria querer algo assim?" disse ele, confuso. Ele estava prestes a perguntar se West estava dormindo com as prostitutas locais, mas achou que sua piada não seria apreciada.

"Não faço ideia", ela encolheu os ombros. "Mas ele disse que não conseguia dormir tranquilo sem ele."

Quando ela saiu, ele correu para a porta e a trancou. Sua atenção estava focada na cama de dossel. Uma hora depois, ele tinha a cama em pedaços. Ele descobriu que um dos suportes do dossel era oco. Dentro dele, ele encontrou um longo tubo de documentos, que examinou à luz da janela. O tubo de documentos não trazia marcas de identificação. Ele abriu a parte superior e olhou para dentro, esperando que o tubo não estivesse vazio. Ele não ficou desapontado. O tubo continha o que parecia ser um documento enrolado.

Ele remontou a cama, então levou o tubo para o escritório. Ele o abriu e retirou dois documentos, um enrolado dentro do outro. Ele os espalhou cuidadosamente sobre a mesa, segurando os cantos sob pesos de papel pesados.

O primeiro documento era uma cópia de um mapa em grande escala do levantamento cartográfico da área local. O segundo era algum tipo de plano desenhado em papel vegetal. Ele apresentava um padrão de oito linhas, em forma de duplo X ligeiramente irregular, que se irradiava de um ponto central, marcado por um retângulo sombreado.

Quando ele colocou a planta de papel vegetal sobre o mapa em grande escala, ele descobriu que o ponto central indicado pelo retângulo se encaixava perfeitamente na igreja de St Martin. Ele seguiu uma das linhas sobrepostas com o dedo, olhando através do papel vegetal para os locais no mapa abaixo. Ele percebeu que a linha era na verdade duas linhas, ou uma linha contínua, com a igreja no centro.

Ele leu os locais: "Tumulus. Pedra em pé. Igreja de St Martin. Poço de Cailleach. Igreja de Todos os Santos. Monte de Moortop." Ele se afastou da mesa e olhou para os documentos com espanto. "Um plano geomântico!" ele exclamou. "Então esse é o segredo pelo qual eles estão lutando!"

Sarah apareceu na porta. Ele enrolou os documentos rapidamente.

"O que você está fazendo?" ela perguntou.

"Nada demais", respondeu ele evasivamente.

"O que você tem aí?" ela insistiu.

"Você não se interessaria."

"Vamos ver."

"Espionando, não é? Para aquela Olwen Williams?" ele disse acusando-a.

"Quanta besteira você fala esses dias!"

Ela saiu bufando. Ele devolveu os documentos ao tubo e escondeu-o sob a tábua solta do piso no espaço escuro onde encontrara o livreto de Joan Preston.

* * *

Paul sentou-se perto do fogo na sala do vicariato, lendo *Ritos Antigos dos Celtas Pagãos*. Os ponteiros do relógio de parede moveram-se a partir das 13h00 até às 17h00. Xícaras sujas e migalhas de bolo cobriam a mesa de centro.

Ele fez os seguintes comentários em seu caderno, resumindo as páginas dos *Celtas Pagãos*:

Um Guardião é um prisioneiro, um escravo psíquico.

Um canal para os espíritos passarem entre os mundos. Uma espécie de figura guardiã do Outro Mundo, como Tam Lin, mantida cativa por magia poderosa em uma localização geográfica específica.

O Guardião é conhecido como O CONDUÍTE DAS ALMAS ou simplesmente O CANAL. Os Celtas no passado usavam prisioneiros de guerra para cumprir esse papel.

Ele olhou para suas anotações. "Um portal precisa de um Guardião. Mas não há prisioneiros de guerra hoje. Ah, Deus! É monstruoso!"

Ele pegou sua jaqueta e saiu correndo de casa. Restava apenas luz do dia suficiente para ele confirmar suas suspeitas.

Dirigindo rápido em direção a Walden, ele passou por dois moradores locais mortos, suas testas marcadas com uma cruz, caídos ao lado da pista. Suas emoções mal piscaram enquanto ele dirigia, tão diferente da primeira vez, quando ele encontrou os dois produtores de batata mortos. Ele ficou surpreso com o quanto ele havia mudado.

Como de costume, ele estacionou a oitocentos metros da igreja, em um lado do entroncamento, onde poderia dar a volta com o Fiesta com mais facilidade. Ele correu pela rua estreita e entrou no cemitério. Não havia sinal de Olwen ou seu cavalete.

Ele foi direto para a igreja crepuscular e ficou embaixo das cabeças esculpidas no arco da torre. Ele se concentrou no gigante, deixando sua percepção invadir sua boca aberta. A centrífuga de energia girou furiosamente, mas desta vez ele se esforçou para aguentar.

A vibração veio para ele novamente... a pulsação de um coração. Em seguida, o redemoinho pareceu diminuir e uma imagem apareceu, fugaz, emergindo de uma escuridão de névoa...

Um rosto humano, um pouco distorcido, mas reconhecível...

"Ai, Deus!" ele pensou, em uma agonia de horror e desespero. "Joan Preston!"

* * *

Paul, vestido formalmente, entrou no escritório de Dodds. Ele havia marcado a reunião por telefone, mas ficou com a impressão do monge do outro lado da linha de que ele já era esperado. O Reverendo Dodds estava sentado à sua mesa, seu cajado de ébano com o símbolo da roda solar à sua frente. O símbolo lembrou Paul do plano geomântico que ele havia descoberto na cama de dossel, mas ele decidiu não mencioná-lo até que tivesse mais evidências.

Dodds indicou uma cadeira para ele. "Você fez mais descobertas, Reverendo Milton."

Havia uma nota de sarcasmo no tom do homem que Paul não gostou. Ele permaneceu em pé. Será que os capangas de Dodds o estiveram espionando quando ele entrou na igreja de St Martin e fez sua descoberta devastadora? Ele ainda tinha alguma vida privada? Ele jogou seu caderno na mesa. Dodds o pegou e deu uma olhada nas anotações de Paul.

"Joan Preston. Esther Parks. Edmund Reason. Devo conhecer essas pessoas?"

"Você me surpreende, Dodds!" Paul explodiu. "Você senta aí e mente como um político! O que me prova que é isso que você realmente é!"

"Por favor, sente-se", respondeu o Reverendo Dodds acidamente. "Seja civilizado."

Paul permaneceu em pé. O Reverendo Dodds puxou seu cajado um pouco mais para perto.

"Por que você não me disse que St Martin é um portal para Outro Mundo?" Paul perguntou com raiva.

"Você não teria acreditado em mim. Você tinha que descobrir por si só."

"É um assassinato espiritual!"

"De fato, é", Dodds concordou. Ele levantou seu cajado e o apontou para Paul. "Por favor, sente."

Paul sentiu uma vibração do cajado passar por ele como um leve choque elétrico. Ele sentiu o poder de vontade de Dodds influenciando nele, usando o cajado como uma arma. Lutar contra o homem era inútil. Ele finalmente pegou a cadeira oferecida.

"Para manter o portal aberto", continuou o Reverendo Dodds, "um ser vivo deve ser levado. Um Guardião."

"Como Tam Lin?"

"Precisamente."

"O que exatamente significa o termo *Conduíte de Almas*?" Paul perguntou.

"Significa simplesmente um canal de energia viva, através do qual os adeptos passam entre os mundos. Destaco os *adeptos*. A preparação para a translocação é necessariamente rigorosa. Outro termo para um Guardião é um Vigia, que desafia aqueles de acesso proibido, que são não são dignos ou ainda não estão prontos. Você terá encontrado muitos Guardiões em sua leitura do folclore." Dodds fixou em Paul seu olhar arrepiante. "Mas os tempos mudaram. No futuro, o portal será usado para permitir a entrada do exército do Diabo!"

Dúvida e suspeita encheram as feições de Paul. "Como vou saber se você não orquestrou todo aquele negócio no cemitério de Todos os Santos?"

"Qual seria o sentido?" Dodds respondeu com a sugestão de um sorriso de escárnio zombeteiro.

"Para me deixar com medo. Um homem movido pelo medo fará o que ele mandar."

"Aqueles demônios vieram através do portal. Acredite em mim."

"E como Olwen Williams os trará de volta?" Paul perguntou cético.

"Ela não vai, não até que eles cumpram seu propósito", respondeu Dodds. "Assim que ela os usar para destruir seus oponentes, o que inclui pelo menos eu e os membros da Igreja, eles se voltarão uns contra os outros. Esse é o golpe de mestre dela. Horrível, mas brilhante."

"Por que eu deveria acreditar em um político?" Paul perguntou, olhando sem vacilar para o Reverendo Dodds.

"Estamos em guerra, Reverendo Milton! Você mesmo viu! Vai ser meu aliado?"

Paul ponderou. Seus olhos foram atraídos para um armário alto com fachada de vidro atrás da mesa de Dodds. O gabinete estava cheio de tubos de documentos, como o do vicariato.

"Vou ter que pensar", respondeu ele.

"Não demore muito." A voz do Reverendo Dodds o traiu com uma sugestão definitiva de urgência. "O antigo festival da Véspera de Todos os Santos está se aproximando. Devemos nos preparar e estar prontos para isso."

* * *

Os corpos assassinados de dois monges, empalados por lanças em árvores do pomar, pendurados moles como manequins mal empalhados. Gareth, Rhys e vários companheiros desapareceram silenciosamente entre as árvores.

Sarah passou de bicicleta, mas não viu os restos sombrios. Olwen apareceu um pouco à frente, carregando uma grande cesta de vime. Ela acenou para Sarah.

"Sarah, venha colher ervas comigo!"

Sarah apoiou a bicicleta em uma árvore e seguiu Olwen por um pomar de ameixas.

"O que estamos procurando?" Sarah perguntou.

"Valeriana e fumitória", respondeu Olwen. "Valeriana para

reduzir o estresse e induzir o sono. E fumitória é algo que eu sempre preciso nesta época do ano para usar em nossas celebrações sazonais. Devemos coletar apenas as raízes da valeriana e as folhas e sementes da fumitória."

"Que maravilha ter tal conhecimento!" Sarah exclamou. "Basta olhar para uma cerca viva ou andar por um bosque e ver todas as plantas úteis crescendo ali."

Olwen assentiu gravemente. "Toda cura vem da natureza, de uma forma ou de outra."

Elas encontraram valeriana crescendo em uma velha parede no final do pomar. As raízes eram impossíveis de encontrar entre as pedras, mas as plantas ao pé da parede eram mais fáceis de desenterrar. Sarah arrancou as raízes com uma pequena espátula de madeira que Olwen tirou de sua cesta. Quando Olwen decidiu que ela já tinha o suficiente, eles seguiram em frente para procurar pelas fumitórias.

Elas encontraram os arbustos em um terreno aberto entre o pomar e um campo de vegetais. Quando elas estavam terminando sua coleta de folhas fumitórias, Sarah ouviu risadas vindo do pomar atrás delas...

Paul, enquanto isso, dirigia devagar pelas ruas de Walden. Ele notou os monges mortos, mas seguiu em frente com determinação, com sua ansiedade aumentando. Várias vezes ele parou o carro e saiu, olhando para os pomares à beira da estrada.

"Sarah?" ele chamou. "SARAH!?"

Ele não obteve resposta, exceto as gargalhadas dos pica-paus-verdes.

Finalmente, ele ouviu o som de vozes distantes vagando por entre as árvores. Deixando seu carro na beira, ele correu em direção às vozes...

Enquanto Paul se aproximava de Rhiannon, Gareth, Rhys e Gwenda emergiam do pomar para se encontrar com Olwen e Sarah.

"Sarah tem me ajudado com as ervas", anunciou Olwen. "Ela realmente conquistou seu lugar como membro de nosso grupo especial."

"Bem, é melhor termos uma iniciação", disse Gareth com uma risada.

"Todas as principais iniciações têm vendas", afirmou Rhiannon. "E a nossa também."

Eles seguiram Gareth até uma clareira no centro do pomar, onde todos os seis amarraram lenços na cabeça para esconder os olhos. Olwen amarrou um lenço de cabeça extra em Sarah.

"Não se preocupe", disse Olwen gentilmente. "Quem quer que esbarre em você será um igual e um amigo. A natureza da iniciação é estabelecer a confiança. Se você aceitar o amigo livre e abertamente, terá passado no teste. Depois disso, você confiará em nós - e nós também confiaremos em você."

"Todos prontos?" Gwenda perguntou. "Então vamos começar!"

Sarah se sentiu animada. Ela não fazia ideia do que iria acontecer, mas tudo parecia muito divertido. Ela pensou que quatro pessoas esbarraram nela. A primeira era mulher, com mãos que abriram o zíper de seu vestido de verão e lábios que pressionaram contra os dela. A princípio ela queria se afastar, mas as mãos brincaram sobre seu corpo nu com tanta habilidade que ela rapidamente se excitou. Uma segunda mulher a seguiu e em segundos ela a estava acariciando de volta.

Então foi a vez dos homens. Ela não sabia dizer se o primeiro era Gareth ou Rhys. Mas ela estava tão estimulada que não se importou. Depois disso, ela não se importou com o que aconteceu. Ela parecia ser passada ou girada de um para o outro, até que ela afundou na grama extremamente feliz.

Olwen tirou a venda e a colocou de pé.

"Tenho o prazer de dizer que você passou no teste, Sarah", Olwen riu. "Bem vinda ao nosso grupo especial!"

Todas as vendas haviam sumido agora. Todos eles beijaram Sarah suavemente em seus seios, exceto Olwen, que a beijou na testa...

Paul, chocado, mas incapaz de se virar, observou dos arbustos. Várias vezes ele quis intervir, mas não conseguia avançar ou gritar, como se o pomar estivesse protegido por uma barreira mágica...

Depois que todos beijaram Sarah e lhe deram as boas-vindas, Rhys abriu os braços e gritou "Vamos dançar!"

Eles seguraram as mãos um do outro e dançaram em círculo enquanto dois moradores locais apareciam com um acordeão e flauta. Todos pareciam estar olhando para Sarah e rindo.

Com repulsa, mas hipnotizado, Paul agonizou nos arbustos. De repente, ele se virou e fugiu, miserável e envergonhado.

Olwen o viu e sorriu para si mesma. Sarah estava muito ocupada dançando, alheia à presença do marido.

* * *

Paul se ajoelhou perante o altar na igreja de Todos os Santos. Ele tentou rezar.

"Senhor, me ajude! ME AJUDE!!" ele gritou em agonia. Ele tentou se recompor, mas ficou cada vez mais angustiado. "Senhor, por que não posso ouví-lo? Por que você me abandonou?"

Ele desistiu de seus esforços para rezar, levantou-se e se virou para sair. Arthur, também em oração, ajoelhou-se sem ser visto em um banco na nave. Ele se levantou enquanto Paul descia os degraus da capela-mor.

Paul não conseguiu esconder sua turbulência emocional. As lágrimas encheram seus olhos, seu rosto estava vermelho e inchado com o desespero reprimido.

Arthur, profundamente perturbado, parou à frente dele. "Você não está bem, Reverendo Milton."

Paul balançou a cabeça, sem palavras.

"Fique conosco na cabana", Arthur ofereceu. "Deixe-nos cuidar de você."

Paul parecia completamente desorientado. Ele tropeçou ligeiramente e agarrou a ponta de um banco. Arthur assumiu o controle. Ele apoiou Paul e o ajudou a cambalear lentamente para fora da igreja.

CAPÍTULO DEZ

Paul e Arthur sentaram-se ao lado da lareira na aconchegante sala de estar dos caseiros da igreja. Na mesa atrás deles, pratos vazios e travessas estavam prontos para serem retirados. Beryl entrou com chá e biscoitos.

"Se aqueça, Reverendo Milton", ela sorriu gentilmente para Paul. "Fique o quanto precisar."

"Você é muito compreensiva, Beryl. Sou grato a você." Paul já se sentia mais forte, mas o choque que recebera em Walden ainda pesava em seu ânimo como um aviso de desastre.

Beryl limpou a mesa e deixou os homens sozinhos. Paul aqueceu as mãos no fogo e saboreou seu chá preparado com destreza.

"Você é um homem verdadeiramente espiritual, reverendo Milton. Isso alegra meu coração." A voz de Arthur soou com profunda sinceridade.

"Me chame de Paul, por favor", Paul respondeu. "Vamos ser amigos e aliados agora, eu espero."

"Acredito que somos." Arthur levantou-se e tirou um manuscrito encadernado de um armário trancado. "Acho que já é hora de você dar uma olhada nisto, Paul."

Paul examinou o manuscrito, que era um registro de ocupantes anteriores desde o final do século XIX. Ele folheou as páginas cuidadosamente. Ao todo eram doze vigários, sendo ele o mais recente, o décimo terceiro.

Além das datas de duração dos cargos individuais, nenhuma das quais era longa, havia uma quantidade significativa de correspondência entre os titulares e seus bispos. Paul deu uma olhada rápida nele. Havia cópias carbono de cartas reclamando do declínio da congregação em Low Moor e da 'atmosfera ruim' na igreja de Todos os Santos. O nome do Reverendo Dodds foi mencionado a partir de meados da década de 1970, principalmente em relação à cultura de sigilo que o cercava e seus monges de manto marrom "sinistros".

O nome de Olwen Williams ocorria ocasionalmente, invariavelmente em conexão com suas 'atividades duvidosas' e sua 'natureza obstrutiva, embora as inferências fossem vagas e impessoais. O que mais impressionou Paul foi que ela parecia existir desde pelo menos o início do século XX.

Um ponto importante em questão era a possível desconsagração da igreja de St Martin. Embora o bispo não visse nenhuma razão para manter o prédio em ruínas - que evidentemente vinha se deteriorando desde o mandato de Thomas Marshall na década de 1850 - o Reverendo Dodds se opôs veementemente a qualquer movimento de desconsagração. Parecia pela correspondência que, até agora, Dodds tinha conseguido o que queria.

Havia informação sobre os motivos do encerramento das funções individuais, muitos dos quais apontavam para acontecimentos trágicos.

"Por que me mostrar isso agora, Arthur?" Paul perguntou. "O que mudou?"

Arthur balançou a cabeça melancolicamente. "Você me pediu ajuda. Eu recusei. Eu me afastei. Senti como se tivesse negado a Cristo. Eu quero compensar isso. Mas primeiro eu quero saber se você pode me perdoar."

"Deus te perdoa", Paul respondeu. "Então, como posso fazer de outra forma? Apenas me diga como você e Beryl vieram parar aqui e como você conseguiu este manuscrito."

Arthur parecia profundamente aliviado com a generosidade de espírito de Paul. Ele se sentiu aliviado e se acomodou na cadeira. "Eu sou o último de uma linha de representantes secretos da igreja espiritual do bispo", ele começou. "A ideia foi lançada em 1890 como uma forma de monitorar os eventos em Low Moor e Walden."

"Você está insinuando que a igreja de Dodds não é espiritual?" Paul perguntou.

"É tão espiritual quanto um prego da crucificação!" Arthur respondeu severamente. "Nós nos oferecemos para vir aqui por causa da deterioração da situação em Walden."

"E vocês se viram engolidos pela guerra de Dodds?"

"Dodds é um mentiroso. Ele não é melhor do que aquela feiticeira. Ele quer poder. Não confie nele." Arthur avisou.

"Olwen Williams ou Julius Dodds suspeitam de você?"

"O que eles veem deve ser o que eles acreditam. Eu sou apenas um simples caseiro da igreja. Eu cuido da manutenção. O fato de eu ser o agente do bispo é um assunto totalmente privado, como minha fé. Tenho que admitir que estava profundamente chateado com o declínio da saúde mental do pobre reverendo Oliver. Quase perdi minha fé naquela época. Mas agora, graças a você, minha fé foi restaurada. Posso sentir em você um homem de profunda integridade espiritual."

"O que houve com meus predecessores?" Ao fazer a pergunta, Paul sentiu uma pontada de apreensão.

"Eu conheci quatro", Arthur respondeu. "Dodds os escolheu e todos trabalharam para ele, espionando em Walden. Ou, pelo menos, era o que deveriam fazer."

Ele pegou o manuscrito de Paul e virou-se para a fotografia do Reverendo Gilbert Reed.

"Gilbert Reed fez o possível para manter sua vocação, apesar de Dodds e da feiticeira. Os eventos no final de seu mandato não constam no manuscrito. Mas alguns deles ele me contou. Por causa de sua natureza perturbadora eu os guardei para mim. Talvez tenha chegado a hora de colocar este material no manuscrito."

"Eu concordo. Você me conta suas histórias e eu as escreverei", disse Paul decisivamente. "Vou manter o seu nome fora disso e escrevo na primeira pessoa do singular, se preferir."

"Não, Paul", Arthur disse firmemente. "É hora de eu ter a coragem de usar meu próprio nome. Vai ser óbvio que tudo isso vem de mim de qualquer maneira, pois era eu que sempre estava por perto."

"Justo", Paul concordou. Ele tinha um respeito irrestrito por Arthur agora. Uma coisa era enfrentar adversários dos quais você não sentia medo. Outra coisa totalmente diferente era colocar-se em risco por parte de pessoas que o enchiam de terror absoluto.

Arthur começou seu relato. "Um dia, no final de setembro de 1985, Gilbert Reed visitou a igreja de St Martin para relatar ao bispo sobre o estado de conservação do prédio. Dodds teria ficado furioso, mas não sabia nada sobre a natureza da visita. No decorrer de suas observações, Reed encontrou o livreto de *St Martin* no chão. Ele olhou dentro e viu *Joan Preston*. Durham. 1985. Ele correu para fora, temendo que Joan Preston, quem quer que fosse, estivesse prestes a ser tomada pela feiticeira."

"Ele alcançou Olwen Williams e sua comitiva habitual no caminho de campo que leva da igreja para a floresta de Walden. Ele percebeu que uma estranha, que ele pensou ser Joan Preston, estava com eles. Olwen e Joan andavam de braços dados, como se elas se conhecessem há anos..."

"Mas Gilbert não se deixou enganar. Ele protestou que eles

deveriam deixar a senhora ir, mas seus protestos deixaram Olwen furiosa e ela disse a ele para cuidar da própria vida. Ela tirou um punhado de grãos de debaixo de sua capa e jogou nele. O grão se tornou um enxame de abelhas que o atacou e o fez fugir de volta para a igreja de St Martin."

"Ele tentou fazer Dodds intervir, mas o homem não aceitou. Ele percebeu que Julius Dodds não tinha compaixão e não dava valor à vida humana. Dodds disse a Gilbert Reed para não fazer nada..."

"Mas ele não pôde. Reed partiu para a cabana de Olwen Williams para exigir a libertação de Joan. Ele obviamente falhou, porque no dia seguinte Dodds o encontrou pendurado em um teixo perto da igreja e mandou seus monges tirarem ele de lá. O assunto foi silenciado para evitar um escândalo."

Paul interrompeu a narrativa de Arthur com uma pergunta: "Então você sabia que Joan Preston fora confundida com um Guardião?"

"Não sei nada sobre Guardiões", Arthur respondeu. "Achei que ela poderia ter sido confundida com um sacrifício *Samhain*."

"De onde veio essa ideia?" Paul questionou surpreso.

"É exatamente o que alguns moradores de Low Moor disseram sobre Esther Parks e Edmund Reason, porque os dois desapareceram cerca de um mês antes do antigo festival."

"O festival de *Samhain* que agora chamamos de Todos os Santos?"

"Isso mesmo. A feiticeira nos acusou de roubá-lo."

"Você não foi atrás da questão de Joan Preston sozinho?"

"Eu poderia. Mas não queria invocar a ira da feiticeira. Ela poderia ter se vingado de Beryl e eu não podia arriscar."

Paul se absteve de fazer um julgamento fácil sobre o caseiro da igreja. Ele estava longe de ter certeza de que teria agido de forma diferente no lugar de Arthur.

Eles passaram para o relato de Arthur sobre o destino do

Reverendo James West. Ao que parece, ao longo dos anos - especificamente do 1989 até o ano de sua morte, em 1996 - James West causou imenso aborrecimento ao Reverendo Dodds, bem como a Olwen Williams. Paul sentiu que West devia ser um homem de considerável força interior.

Embora Paul percebesse que Arthur não estava ciente disso, ele sentiu que West devia ter algum conhecimento geomântico anterior - ou ele o adquiriu durante seu mandato - porque evidentemente ele havia passado muitos dias de verão rondando a paisagem com um teodolito e uma sacola cheia de mapas locais. Arthur sentiu que o vigário era apenas "um tanto estranho".

"Não tenho ideia do que ele estava fazendo naquelas charnecas, mas ele teve muitas brigas com Dodds, algumas das quais mencionei no manuscrito. Parece que Dodds acusou o reverendo West de 'invadir sua jurisdição', o que quer que isso signifique. De sua parte, West acusou Dodds de realizar um 'subterfúgio monstruoso', mas eu também não tinha ideia do que se tratava."

As observações de Arthur sugeriram a Paul que James West descobrira por si mesmo que a igreja de St. Martin era o centro de algum tipo de sistema geomântico local. Aparentemente, West também teve confrontos com Olwen Williams e a acusou de causar sua cegueira temporária para impedi-lo de continuar suas investigações. Esse vigário, Paul sentiu, era uma força real!

Arthur continuou. "O Reverendo West havia recuperado a visão, mas em poucos meses ele estava morto com o pescoço quebrado ao pé de um penhasco na charneca. A história, contada por Dodds, era que o pobre homem tinha se perdido na névoa ao voltar de uma visita paroquial. Mas West tinha uma regra de nunca deixar o vicariato depois de escurecer ou com mau tempo, independentemente da necessidade paroquial."

"Ele parecia estar cada vez mais amedrontado durante seu

último ano no cargo", continuou Arthur. "Ele desenvolveu uma gagueira forte e interrompeu seus sermões de domingo. Durante seu último mês, ele nunca foi além da Igreja de Todos os Santos. Portanto, o que ele estava fazendo nas charnecas no escuro é um mistério completo. Meu palpite é que ele foi atraído para lá por aquela feiticeira."

"O cargo ficou vago por quase um ano, até que o excêntrico Francis Gore assumiu o cargo em 1998. Ele durou onze anos e passou boa parte do tempo mexendo em sua coleção particular de motores vintage, que mantinha em um celeiro vazio em Low Moor..."

"Ele parecia ter repentinamente decidido restaurar a igreja de St. Martin. Pode ter sido uma ideia sugerida por Dodds, mas não posso confirmar isso. De qualquer forma, ele havia começado o trabalho de reparo da cantaria da capela-mor - e estava fazendo um bom progresso - até que um dia ele foi encontrado morto, depois de capotar o carro enquanto dirigia por Low Moor a caminho de Walden."

"Como ele levou suas ferramentas e materiais para a igreja?", perguntou Paul. "Não tem nenhum lugar para virar um veículo."

"Ele os carregou", respondeu Arthur. "Ele era um sujeito robusto esse Francis Gore. Um metro e oitenta e três de altura e cento e catorze quilos. Ele quase entrou em conflito com Dodds um dia - foram necessários quatro dos capangas de Dodds para contê-lo."

Paul sublinhou o comentário de Arthur no manuscrito: <u>O Reverendo Francis Gore bateu em uma árvore em Low Moor em um dia claro em uma estrada aberta. Ele era um motorista muito experiente. O veículo não apresentava falhas mecânicas. No inquérito, o veredicto do legista foi morte por "infortúnio".</u>

Até agora, um fato se destacou na narrativa de Arthur: esses três vigários eram todos personagens fortes, inteligentes e íntegros. O fato de homens como eles sofrerem com essa guerra profana deixou Paul ainda mais determinado a enfrentar Dodds e Olwen Williams. Ele devia isso aos Reverendos Reed, West e Gore. E também a si mesmo.

Paul observou que o cargo novamente ficou vago, desta vez por mais de dois anos, até que Michael Oliver chegou. Arthur o descreveu como um homem culto, que detestava o filistinismo de Dodds. Ele apreciava pinturas, o que o tornava particularmente vulnerável à manipulação de Olwen Williams.

Arthur relutava em entrar em detalhes, mas Paul deduziu de suas inferências que Oliver teve que realizar uma variedade de atos sexuais para ganhar cada uma das pinturas de Olwen, das quais ele tinha muitas. Ele acabou ficando obcecado por ela e, à medida que seus favores se tornavam mais difíceis de conquistar, caiu em "instabilidade mental".

"Ele não realizava um culto na igreja de Todos os Santos há mais de um ano e começou a odiar o som do órgão da igreja", disse Arthur. "No final, acho que ele era mais pagão do que cristão. Achei que não teria escolha a não ser alertar o bispo. Então Dodds veio logo depois e o removeu."

Paul devolveu o manuscrito recém-elaborado a Arthur. "Bom trabalho, Arthur. Tudo está atualizado. Agora talvez eu possa compartilhar algo com você."

Meia hora depois, Paul e Arthur se debruçaram sobre o plano geomântico do Reverendo West, que foi colocado em cima do mapa em grande escala e estendido sobre a mesa da sala de estar do caseiro da igreja.

"Nunca vi nada como isso antes", Arthur admitiu. "Dodds ficaria louco se soubesse que você tem isso."

"Isso mostra St. Martin como um centro geomântico. O interesse do reverendo West na geomancia foi provavelmente o motivo pelo qual ele e Dodds se desentenderam. E também pode ter sido o motivo da morte de West." Quebrar pescoços, Paul sabia, era uma especialidade dos capangas de Dodds.

"Isso explica muita coisa pra mim", Arthur disse. "Eu

entendo agora por que Dodds e a feiticeira querem a igreja de St. Martin. Se você tem o local, você controla as linhas."

"É tudo uma questão de poder", disse Paul com um estremecimento involuntário. "Pelo menos é o que me parece agora. Talvez no passado fosse diferente, a energia projetada ao longo das linhas pode ter sido mais benigna, mas realmente não tenho certeza. Não acho que as pessoas mudaram tanto, pelo menos não no último milênio."

"A influência de Walden", Arthur disse infeliz. "Eu não gostaria que Dodds ou a feiticeira tivessem esse tipo de controle."

"Sentados como aranhas predadoras no centro de suas teias", refletiu Paul. "É um pensamento assustador."

Ele enrolou o mapa e o plano e os devolveu ao tubo de documentos. "Eu ficaria muito grato se você trancasse isso com o manuscrito", disse ele. "O vicariato não parece uma casa segura para mim no momento."

Beryl chegou com o jantar em uma bandeja. "Você vai passar a noite aqui, não é, Paul?" ela perguntou com um sorriso compassivo. "Devo ficar de olho em sua saúde."

Paul aceitou graciosamente.

"Você tem planos para amanhã, Paul?" Arthur perguntou.

"Por acaso você não tem o teodolito de James West, tem? Ou Dodds o confiscou?"

"Eu tenho guardado lá em cima", Arthur o informou.

Paul sorriu. "Acho que gostaria de verificar o mapeamento de James West."

CAPÍTULO ONZE

Paul, em traje de caminhada, cruzou a charneca alta acima dos bosques de Walden. Ele levava um mapa, binóculos e o teodolito. Oitocentos metros atrás dele estava uma pedra ereta e, oitocentos metros além dela, o monte escuro da charneca de um túmulo. À sua frente ficava a igreja de St Martin, na beira da charneca acima de Walden.

Ele verificou o teodolito, certificando-se de que o túmulo, a pedra e a igreja estavam alinhados. "Perfeito."

Oito anos antes, logo após a universidade e antes de entrar na igreja, ele havia começado uma carreira como agrimensor estagiário. A carreira foi curta, mas durou o suficiente para que ele ganhasse experiência em projetos de engenharia civil de grande escala e mapeamento em paisagens complexas. Traçar uma linha reta sobre charnecas abertas era simples em comparação a isso, desde que o tempo estivesse bom e a visibilidade fosse boa.

Ele estava se divertindo. Essa foi uma mudança bem-vinda em relação às intrigas de Olwen e às escaramuças de Dodds no cemitério. Mas, ao olhar para a grande extensão de charnecas tranquilas ao seu redor, percebeu como as aparências eram enganosas. Este era um lugar perigoso e ele não podia se dar ao luxo de um momento de complacência. Ele não tinha dúvidas de que sua presença fora notada em Walden.

Enquanto Paul seguia na direção da igreja de St Martin, o Reverendo Dodds subia em direção ao túmulo na colina. Ele observou Paul através de binóculos, suas feições pétreas e sombrias. Dois monges permaneceram pacientemente ao seu lado.

"Como Paul Milton sabe sobre isso?" Dodds fumegou. "Não é do conhecimento comum!" Ele se virou para os dois monges. "Sigam-no. Relatem de volta."

Os monges seguiram obedientemente pela charneca em direção à igreja de St Martin.

* * *

Paul deixou o cemitério da igreja de St. Martin e seguiu um caminho através de um pasto inclinado em direção à densa floresta de Walden. Quando chegou à beira das árvores, verificou sua posição em relação à igreja, embora a pedra ereta e o túmulo já tivessem desaparecido de vista. Ele consultou seu mapa. Ele estava no ponto preciso onde a trilha e o alinhamento entravam na floresta.

Ele tinha a sensação incômoda de que alguém o estava observando. Ele se perguntou se estava ficando paranoico, mas o sentimento persistia, apesar de suas dúvidas racionais.

Ele esperou sob a proteção das árvores, seus binóculos apontados para a igreja e a parede do cemitério. Mas não viu sinais de movimento. Nenhuma figura apareceu na trilha entre o cemitério e o bosque...

Escondidos pela parede do cemitério, os dois monges deitaram na grama perto da base da cruz no canto do cemitério de St. Martin. Eles haviam removido uma pedra da parede de pedra solta e espiaram pela abertura.

"Ele está indo para o terreno *dela*. Se nós o seguirmos, eles vão nos matar." Um dos monges observou. "Ela o está deixando entrar. Mas nós não teremos a menor chance."

"Vou enviar uma mensagem para JD." Seu companheiro pegou o celular. "Ele vai ter que fazer outros irmãos seguirem a trilha em Low Moor."

Ele começou a redigir sua mensagem, enquanto seu companheiro continuava espiando pela abertura na parede de pedra solta...

Incapaz de encontrar qualquer sinal de observadores, Paul caminhou por entre as árvores. Quase imediatamente, ele entrou em uma clareira. Um poço sagrado ficava de um lado, onde a água fluía para uma calha de pedra de um canal acima.

Árvores de espinheiro, enfeitadas com trapos e fitas, ficavam acima do poço. A frente da calha trazia as palavras *Poço da Velha Esposa* esculpidas. Ele separou os arbustos ao lado do poço, então recuou surpreso.

"Meu Deus!" ele exclamou baixinho.

Uma figura bizarra estava sentada entre os galhos: uma efígie de tamanho maior que o real, feita de galhos e gravetos entrelaçados, a cavidade corporal cheia de folhas, gramas e musgo seco. Estava ligeiramente inclinada para a frente, como se fosse se levantar.

De sua leitura de *Ritos Antigos dos Celtas Pagãos*, ele percebeu que estava olhando para a própria Esposa Velha, a Cailleach do *Poço de Cailleach*. Ele também sabia que essa figura era o arquétipo da Velha de *Samhain*, o antigo festival celta que marcava o início do inverno e o fim do ano antigo.

Ele se perguntou como seria o festival de Walden e como a efígie seria usada. Enquanto olhava para a figura, ele teve a estranha sensação de que logo a encontraria novamente.

Ele seguiu o caminho mais profundamente entre as árvores. Parecia seguir o alinhamento: uma trilha de cerca de três metros de largura cortada no meio da floresta. Uma velha e atraente cabana apareceu de um lado, aninhada entre carvalhos gigantes. Ele se aproximou com cuidado. O som de vozes o alertou e ele rapidamente se escondeu.

Olwen apareceu, acompanhado por Rhiannon, Gareth, Rhys e Gwenda. Cada um deles carregava um jarro de água e seguia o caminho que vinha do poço sagrado. Ao entrarem na cabana, Olwen largou a jarra e se virou. Ela olhou diretamente para o esconderijo de Paul. Ela se transformou em seu eu mais jovem, desabotoando a blusa e expondo seus seios.

Paul, nos arbustos, olhou para ela hipnotizado.

Algumas horas depois, ele estava perto do marco terminal no horizonte além de Low Moor. Daqui ele podia ver a maioria dos locais da linha. O poço sagrado estava escondido entre as árvores, mas a igreja de Todos os Santos em Low Moor e os outros pontos além da floresta de Walden estavam em perfeito alinhamento.

Ele não notou dois monges deitados no meio das urzes, observando-o.

* * *

Beryl colhia flores no jardim do vicariato. Sarah, usando um cardigã grosso sobre o vestido de verão, flutuou sonhadora em sua direção.

"Beryl, o que você está fazendo?" ela perguntou com desinteresse educado.

"Achei que você pudesse colocar esses últimos crisântemos pela casa para animá-la", sugeriu Beryl. "Os quartos se beneficiariam com um pouco de cor nestes dias de escurecimento."

"Isso é gentil da sua parte", respondeu Sarah. "Por favor, organize-os onde achar melhor. Eu só tenho que sair."

Dez minutos depois, Sarah pedalou em direção a Walden.

Beryl estava parada no portão do quintal olhando para ela com preocupação.

Pouco antes do meio-dia, Olwen e Sarah caminharam juntas pelos pomares de Walden, Olwen apontando diferentes ervas enquanto Sarah escrevia descrições em um caderno.

"Idealmente, deveríamos ter começado a fazer isso na primavera", observou Olwen, "quando as plantas estão começando a voltar à vida. Mas mesmo no final do ano ainda há muito para ver."

Rhiannon e Gwenda chegaram com uma cesta de comida para um piquenique. Elas espalharam um pano no chão e se sentaram em volta dele. Gwenda tirou pão, queijo e frutas da cesta. Gareth e Rhys chegaram com jarras de cidra.

"Tudo o que você vai comer aqui foi produzido em Walden", disse Rhiannon com orgulho para Sarah.

"Até mesmo a cidra?" Sarah perguntou.

"Especialmente a cidra!" Rhys riu. "Fazemos cidra aqui desde antes da chegada dos romanos!"

Em uma área de terreno elevado a oitocentos metros de distância, o Reverendo Dodds os observava com seus binóculos. Depois de um tempo, ele abaixou o binóculo e sorriu com uma satisfação sombria.

* * *

Um pouco depois da meia-noite, Paul se esquivou rapidamente das sombras nos fundos do Instituto Dodds, no recinto da Catedral. Ele estava vestido com uma balaclava, agasalho de treino e tênis e parecia tão visível quanto um letreiro de neon de três metros de altura.

Ele não tinha visto nenhuma câmera de vigilância, mas, para os olhos inexperientes de um ladrão novato, isso não significava que não houvesse nenhuma.

Ele estava em boa forma física e não foi muito difícil subir por um cano antigo de ferro fundido e abrir uma janela de guilhotina destrancada do primeiro andar. Uma vez lá dentro, ele encontrou o caminho para o escritório de Dodds à luz de uma pequena tocha. Usando luvas cirúrgicas, ele abriu o gabinete com frente de vidro que continha os tubos de documentos.

Ele pegou vários tubos e os abriu. Cada um continha um plano geomântico de desenho mais elaborado do que o do vicariato. Ele os estudou um por um à luz de uma lâmpada de mesa.

"Salisbury. Exeter. Ely. Lincoln." Ele abriu mais tubos. "Durham. Ripon. York. Meu Deus - toda a Inglaterra!"

Ele deu um passo para trás e olhou para os planos sobre a mesa quando a implicação disso o atingiu. Nas mãos erradas, isso poderia ser o fim da democracia, o fim da liberdade de expressão - que era praticamente a mesma coisa - o fim do pensamento independente.

Quão perto estávamos desse dia? Se esses planos caíssem nas mãos de um regime fascista, o controle sistemático da mente poderia começar rapidamente. Será que ao menos saberíamos o que estaria acontecendo?

Já havia ocorrido antes. Em conversas com membros do círculo intelectual de seus pais, o assunto do Terceiro Reich e o controle da mente surgiam ocasionalmente. O estudo geomântico dos padrões de alinhamentos foi uma prioridade para o Reich, com o objetivo de controlar a psique nacional do povo alemão. Este era um fato conhecido. Poderia acontecer na Inglaterra? Alguma combinação das unidades da igreja e do estado era adequada para ter essa responsabilidade gigantesca?

Perdido em suas especulações, ele foi pego de surpresa quando dois monges invadiram a sala e o agarraram. Enfurecido, ele os jogou fora, tomado por uma sensação de indignação que nunca havia sentido antes. Ele desferiu vários golpes firmes, até que os dois monges caíram no chão.

Mas ele estava na presença de assassinos treinados, com um grau de crueldade que apenas assassinos profissionais possuem. Os monges se levantaram, atingidos por uma fúria fria. Eles se aproximaram e rapidamente o dominaram. Eles o esmurraram na cabeça e no corpo, brincando com ele, se divertindo, prolongando sua dor. Eles o giraram, de um para o outro, atingindo-o com precisão clínica, apenas com força suficiente para mantê-lo cambaleando e atordoado.

Por fim, Paul caiu de joelhos e um dos monges avançou para quebrar seu pescoço. No mesmo momento, o Reverendo Dodds entrou na sala.

"Parem!" Dodds rugiu. "Ele é meu."

Os monges recuaram, lambendo os nós dos dedos ensanguentados. Dodds se virou para eles.

"Organizem os planos", ele ordenou. "E guarde-os. Não deixem cair sangue neles!"

Os monges começaram a devolver os planos ao gabinete quando Paul se levantou. O Reverendo Dodds puxou uma cadeira para ele e ofereceu-lhe um grande lenço branco. Paul sentou-se, enxugando o rosto ferido, manchando o imaculado lenço de Dodds com bolhas e manchas de sangue.

"Admiro sua coragem", começou Dodds, os olhos brilhando de intenso deleite. "Há algo que você não tentaria fazer se estivesse suficientemente motivado moralmente?"

"Não me fale sobre morais!" Paul respondeu asperamente para ele. "Poder e controle - é o que vocês dois procuram, você e aquela feiticeira! Você quer St. Martin porque é um centro geomântico."

"Bem, você viu as redes antigas", Dodds falou calmamente. "É um privilégio raro fora da minha Ordem."

"Redes *antigas*?" Paul perguntou. "Quão antigas?"

"Muito antigas, de fato", respondeu Dodds. "Os Cristãos simplesmente as herdaram."

"Você não quer dizer *roubaram* elas?" Paul respondeu com raiva. "Os cristãos construíram igrejas por toda parte."

"Posso ver que a bruxa de Walden está envenenando sua mente. Só porque os pagãos existiam aqui antes da chegada da Igreja, não há razão para supor que eles fossem mais benignos. O oposto pode muito bem ter sido o caso, a julgar pela predileção dos Druidas pelo sacrifício humano e pelo culto Celta da cabeça decepada!" Ele fez uma pausa, estudando Paul com seu olhar penetrante. "Tudo o que posso dizer com sinceridade é que a maioria desses alinhamentos foi criada há milênios. Ninguém sabe por quem."

"Você não pode negar que este sistema é uma influência oculta em potencial", rebateu Paul. "Ninguém o vê, mas está lá. Quem o controla comanda o país, pelo menos no que diz respeito à influência espiritual do sistema - que pode ser maligna ou benigna ou qualquer outra sombra, dependendo de quem está no comando."

"Você poderia dizer assim, eu suponho." Dodds parecia intrigado com o raciocínio de Paul.

"Vamos adiantar isso alguns anos", sugeriu Paul. "Vamos supor que temos uma igreja fortemente politizada - com você e seus assassinos domesticados apoiando-a nos bastidores. Do outro lado, temos Olwen Williams e seus demônios. Que escolha!"

"Eu concordo. Este sistema em mãos erradas seria desastroso!"

"E as suas são as certas?"

"É meu dever proteger o sistema", afirmou Dodds calmamente. "E, onde posso, melhorá-lo."

"Para quem você trabalha, Dodds?" Paul jogou suas palavras na cara do homem. "Quem puxa seus cordões?"

"Receio não ter liberdade para dizer - nem mesmo para você", Dodds respondeu acidamente.

"Você está admitindo que trabalha para uma ordem secreta", rebateu Paul.

"Não estou admitindo nada. Apenas digamos que temos o bem-estar deste país como nossa preocupação preeminente. A alternativa é o caos e a decadência. É isso que você quer?"

"Claro que não", Paul respondeu. "Mas estou curioso para saber como você acha que a desintegração da sociedade pode acontecer. Dos comunistas, talvez? Dos elementos mais radicais dentro do movimento anarquista? De um movimento nacionalista pró-fascista?"

O Reverendo Dodds fixou em Paul um olhar assustador e fulminante. "Alguns desses grupos podem apresentar problemas, mas podem ser monitorados prontamente. No entanto, temos uma ameaça iminente mais urgente. Deslocadores de almas já estão entre nós. Você viu evidências disso em primeira mão. Devemos trabalhar juntos para salvar a Inglaterra cristã. Deixe-me apresentar a você um cenário futurista."

Paul ouvia enquanto Dodds se inclinou para a frente sobre a mesa, evocando imagens que não estariam deslocadas em um filme de ficção científica distópico. As aldeias da Inglaterra estavam em ruínas, casas sem telhado, torres de igrejas caídas. Um crepúsculo amarelo agourento era onipresente. Deslocadores de almas atacavam vítimas humanas em fuga - jovens e velhas - e então, em suas formas físicas recém-adquiridas, atacavam e destruíam uns aos outros. Carniçais comiam cadáveres nas praças das vilas e nas ruas. Alguns demônios oportunistas vagavam pela paisagem, horríveis e ferozes. O caos e a destruição nas cidades estavam além da imaginação.

"Se não agirmos agora", concluiu Dodds, "a Inglaterra como a conhecemos desaparecerá em alguns anos."

"Sabe, Dodds, você sempre pode conseguir um agente de Hollywood com uma história como essa! Tenho certeza de que um de seus heróis de ação ficaria feliz em salvar toda a Inglaterra!" Paul não conseguiu resistir à zombaria.

"Sua irreverência não lhe dá crédito, Reverendo Milton", disse Dodds secamente. "Mostrei o futuro e não é muito bonito. Trabalhe comigo e salve a democracia."

"Democracia?!" Paul exclamou em espanto ultrajado. "Por que eu não acredito em você?"

CAPÍTULO DOZE

Paul, com o rosto inchado e machucado pelo confronto da noite, entrou na sala do vicariato. Ele carregava uma carta, que colocou na mesa de centro com um gesto de finalidade. As cartas, ele achava, eram absolutas e incontestáveis, em comparação com a superficialidade transitória dos e-mails. Ele pediria a Beryl para postar. Tarefa concluída.

Sarah entrou, ainda em seu roupão. Ela foi até a janela e olhou para o jardim, suas feições transformadas por um sorriso secreto.

"Você não deveria estar vestida? É meio da manhã." Paul ficou horrorizado ao perceber que estava começando a desprezá-la.

Ela se afastou da janela com um olhar zombeteiro. "Vestida? Para que ocasião? O bispo virá nos visitar?"

"O bispo nunca virá aqui enquanto eu for o vigário", respondeu ele enfaticamente.

Ela parecia indiferente ao comentário dele. "O que tem na carta?"

"Minha renúncia."

Ela quase voou para ele, agitando os braços e gritando. "Eu disse a você - eu não vou embora! Se você me forçar, eu vou enfraquecer e morrer!"

Ele gritou com ela exasperado: "Não podemos ficar aqui. Este lugar é uma loucura! Você não consegue ver que Olwen Williams é uma predadora?!"

"Ela me mostrou mais amor do que você! Seu caso de amor é com Deus!"

"Isso é uma mentira ultrajante! Você deve me ouvir, Sarah - para o seu próprio bem!"

"Escutar? Um padre afetado? Faça o que quiser! Estou indo para Walden!"

Ela bateu a porta da sala.

Ele a alcançou enquanto ela se vestia no quarto principal.

"Sarah, por favor -" ele estava implorando agora, detestando a si mesmo, furioso com ela - "devemos confiar um no outro."

"Não tenho nada a dizer para você." Sua voz e feições eram estranhamente frias. "Você não é ninguém. Um ex-vigário. Um homem vazio."

"Eu sou seu marido. Eu te amo!" Ele odiava que seu apelo fosse tão tosco.

Ele tentou abraçá-la. Ela lutou com ele.

"Não! Não me toque!"

"O que eu fiz?"

"Nada. Essa é a questão!"

"Você tem que entender que tenho problemas sérios. E todos eles têm a ver com Walden!"

"Não há nada de errado com Walden! Os problemas estão na sua própria cabeça!"

De certa forma, ela estava certa. Mas como ele poderia explicar que cada vez que tentavam fazer amor, Olwen Williams estava lá, no espelho, sedutora, zombeteira, nua. Ele não conseguia se livrar dela - ele simplesmente não tinha poder pessoal suficiente para expulsá-la de sua vida por um ato de vontade.

Ele se sentiu humilhado e perdido, então a indignação se apoderou dele. Ele a jogou na cama e se forçou sobre ela. Ela lutou de volta.

"Não! Não! Não!"

Ele arrancou suas roupas e fez sexo selvagem e violento com ela. Ela reagiu rapidamente e eles alcançaram o orgasmo em pouco tempo. Ele se levantou e fechou as calças, consternado com o que tinha feito.

Ela se afastou dele, chocada com sua própria reação. "Eu vou na polícia. Você me estuprou!"

"Você gostou!", ele argumentou.

"É tarde demais para você fingir ser meu marido!"

Ela estava com raiva de si mesma por ceder a ele tão facilmente e jogou a próxima isca para ver o quanto isso o magoaria.

"Eu amo outra pessoa."

Ele ficou perplexo. "Você não quis dizer isso!"

"Eu quis! Estou apaixonada e é lindo. Você não entenderia."

"Vadia!" ele gritou. "Você nos traiu!"

Ele pegou uma cadeira de cabeceira como se fosse jogá-la em cima dela. Ela se sentou na cama aterrorizada, abrindo os braços para se proteger. Ele jogou a cadeira de lado e saiu correndo da sala.

* * *

Paul se ajoelhou para rezar perante o altar na igreja de Todos os Santos. Ele ficou ajoelhado por um longo tempo, uma sombra ajoelhada, mas orar era impossível. Sarah estava certa: ele não era nada agora, um homem vazio.

A vergonha e o desespero o fizeram ficar em pé.

"Senhor, eu te pedi ajuda. Eu pedi orientação. Eu recebi

apenas silêncio. Nenhum sinal. Nenhum momento de compreensão ou paz de espírito. Nem mesmo um indício de sua existência. Eu não vou mais me ajoelhar. Mostre-me o que eu deveria fazer como um homem ereto sobre meus próprios pés! Mostre-me que você está comigo. Mostre-me que você está aqui!"

A igreja estava em silêncio. Então ele ouviu a voz de Olwen. Somente um sussurro, mas pareceu preencher o prédio.

"FAÇA AMOR COMIGO!"

Ele olhou em volta mas não viu ninguém. Um fluido escuro apareceu no chão da capela-mor, preto como sangue sob a lua. Palavras começaram a se formar a partir dele em grandes maiúsculas em negrito:

FAÇA AMOR COMIGO FAÇA AMOR COMIGO FAÇA AMOR COMIGO

A voz de Olwen veio novamente. Ele ouviu suspiros e gemidos, os sons de uma mulher em êxtase pré-orgástico.

"FODA-ME, PADRE! VOCÊ SABE QUE QUER! FODA-ME!!"

"Saia da casa de Deus!" ele gritou. Mas sua voz parecia não ter firmeza, ser nada mais do que o bater das asas de insetos em algum canto esquecido de um sótão empoeirado.

Ele pegou sua Bíblia, com a ideia de localizar uma denúncia apropriada, mas cada página que virava trazia uma mensagem provocadora:

COMO ESTÁ SUA AMADA ESPOSA?

SARAH NUNCA TE AMOU

ELA APENAS AMA A MIM AMA A MIM AMA A MIM

Ele estava prestes a jogar sua Bíblia no chão, mas se conteve. O que realmente estava acontecendo? Ele estava sozinho em uma igreja vazia... havia apenas ele - ele mesmo em guerra consigo mesmo...

Mas se isso era verdade, como é que ele viu o rosto da feiticeira no cálice, na água da fonte?

Ele estava projetando isso? Ou era ela?

Se esta era a igreja de Deus, por que Ele estava permitindo que fosse contaminada?

A feiticeira iria levá-lo além do ponto alcançado por Michael Oliver, levá-lo ao extremo, porque ele lutou em uma batalha que inevitavelmente perderia? No fim, ele se lembraria de sua esposa... se lembraria de seu nome? Iria se lembrar do próprio nome?

Ah, horror dos horrores! Ver sua mente sendo desmantelada, pior ainda do que sofrer uma lavagem cerebral pela CIA. Assistir em plena consciência à luz do dia enquanto sua identidade era desconectada, cada valor, cada crença eliminada, para ser substituída por - o quê?

Ele se virou e viu palavras em todas as superfícies - paredes, piso, púlpito, bancos - tremeluzindo nas superfícies como uma fita adesiva diabólica:

FODA-ME FODA-ME FODA-ME FODA-ME

Se ela pudesse fazer isso em um suposto espaço sagrado - um espaço sagrado cristão - então Deus não existia.

Se isso fosse culpa dele, ele estava condenado a degenerar em loucura, a acabar em um asilo como Michael Oliver...

Ele gritou com o pensamento e fugiu da igreja.

Enquanto corria pelo caminho do cemitério, a voz de Olwen o perseguia como uma rajada de vento:

"NÓS TEREMOS... MOMENTOS TÃO BONS... VOCÊ E EU! ME AME! ME AME!! ME AME!!!"

Ele correu para o carro, com a ideia de dirigir o mais longe possível daquele lugar maluco. O Fiesta estava coberto com *FODA-ME FODA-ME FODA-ME.*

Ele ouviu a voz de Olwen novamente:

"SARAH TEM UM CORPO TÃO BONITO!"

Suas palavras pareciam ecoar em torno dele, como se estivessem ricocheteando na parede do cemitério e na fachada do vicariato:

"Deixe-me em PAZ!!" ele gritou.

A poeira soprou em seu rosto.

Ele percebeu que as luzes de repente se acenderam na sala de estar do vicariato. Ele tinha que encontrar Sarah. Ele sabia disso com uma clareza surpreendente. Nada mais importava agora. De alguma forma, eles tinham que se reunir, para entender o que estava acontecendo e enfrentar juntos. Se eles permanecessem em desacordo um com o outro, seriam destruídos.

Entrando na sala, ele já estava chamando o nome dela: "Sarah! Sarah!"

Não havia sinal dela.

"SARAH!!"

Ele subiu correndo as escadas para o quarto deles. Nada da Sarah. Ele abriu guarda-roupas e cômodas. As coisas dela haviam sumido.

Em um dos quartos de hóspedes, a cama estava feita. Os armários estavam cheios com as roupas dela. Ele olhou para eles, sentindo-se deslocado e sem amarras, como se estivesse flutuando de um território familiar quente para um mar estranho e hostil.

As pinturas de Olwen ocupavam todas as paredes: cenas escuras de charnecas com grama em redemoinho e rochas antropomórficas escorrendo em primeiro plano.

Ele olhou para elas com repulsa.

Ele examinou a cama. Parecia que alguém havia dormido nela. No travesseiro, ele encontrou um longo fio de cabelo preto. Ele o pegou e segurou contra a luz...

Seria esse o cabelo de Olwen de sua forma provocante e jovem? Ou pertencia àquele Gareth, que sempre parecia estar por perto? Ele não sabia dizer. O que era inegável era que a feiticeira e sua dissimulada comitiva estavam fazendo o que bem queriam com sua esposa.

Isso foi o que lhe causou mais angústia, mais do que a

evidência física da traição de Sarah: eles pareciam estar alcançando seus objetivos com quase nenhum esforço. Ele se sentiu desamparado.

Ele sentiu sua vida e sua fé, tudo o que pensava ter alcançado, tudo o que ele imaginava ter feito de si mesmo - todas as suas habilidades, seus princípios elevados e intelecto afiado - vazando dele como um lastro de areia de um cargueiro à deriva.

Ele estava perdido. Ele se sentou na beirada da cama e chorou.

* * *

Algum tempo depois, despenteado e sem barbear, ficou parado no alto dos degraus da capela-mor, imóvel, como se fosse feito de pedra. Ele estava vestido com uma sobrepeliz e colarinho clerical. *O Messias* de Händel tocava alto em um CD player portátil.

De repente, ele começou a gritar. Ele gritou até não ter mais voz. Então ele começou a rasgar sua roupa, rasgando-se com uma força desesperada. Ele caiu e rolou no chão da capela-mor, espumando pela boca...

Depois de um tempo, a convulsão cedeu e ele ficou imóvel.

CAPÍTULO TREZE

Naquela noite, quando Arthur entrou na sacristia à procura de Paul, ele o encontrou em posição fetal no chão, somente de cueca. Ele ajudou Paul a ficar de pé e o sentou em uma cadeira, cobriu-o com uma sobrepeliz e trouxe-lhe um copo d'água. Ele segurou o copo para ajudar Paul a beber.

Quando ele terminou a água, Arthur encheu novamente o copo. Aos poucos, Paul parecia estar recuperando sua consciência normal.

"Arthur, meu amigo, ela é um demônio!" ele deixou escapar roucamente. "*La Belle Dame Sans Merci!*"

"Vai com calma, Paul", Arthur aconselhou. "Beba. Fique calmo."

Paul bebeu sem ajuda, mas suas mãos tremiam. Arthur o ajudou a se levantar.

"Vamos levá-lo para a cabana."

Eles estavam prestes a entrar na capela-mor quando Arthur recuou.

"Temos companhia."

Eles espiaram pela porta da sacristia para a capela-mor.

Uma dúzia de monges estava diante do altar. Um por um, eles começaram a criar uma paisagem sonora curiosa, como o lamento sinistro de enlutados profissionais em um velório, até que suas vozes se fundiram em um zumbido profundo.

Depois de um tempo, o zumbido começou a gerar energia semelhante a um raio que se reproduzia ao redor da capela-mor. Raios eletrostáticos crepitantes acompanhavam a exibição de luz. Composições parecidas com trovões encheram o ar.

Uma luz azul nebulosa começou a se formar em torno dos monges. O Reverendo Dodds apareceu no arco da capela-mor em frente ao altar. Ele carregava seu cajado de ébano. A luz azul começou a se aglutinar em um globo azul pulsante que pairava sobre o altar.

O Reverendo Dodds, com o olhar fixo na luz azul, bateu no chão duas vezes com seu cajado. O zumbido parou. Ele bateu no chão três vezes. A luz azul passou pela janela do santuário, deixando o vidro intacto.

Paul e Arthur observavam pela porta da sacristia.

"Quem *é* Dodds?" Paul sussurrou.

"Um demônio do abismo, pelo que sei." Arthur rosnou.

"Com seu próprio exército particular", acrescentou Paul, horrorizado.

"A feiticeira pode ter encontrado seu desafiante desta vez, entretanto", Arthur sussurrou ferozmente.

* * *

A luz azul, movendo-se rapidamente ao longo do alinhamento, passou acima do *Poço da Velha Esposa*. A água do cocho ferveu e se agitou. A efígie de *Cailleach* saltou para a frente e emitiu um berro ensurdecedor.

Olwen se levantou rapidamente de sua cadeira ao lado da

lareira no porão. Ela pegou o pó de uma tigela sobre a lareira e jogou no fogo. O fogo rugiu e ardeu com uma tonalidade esverdeada.

O rosto do Homem Verde do arco da torre na igreja de St Martin apareceu nas chamas.

"Defenda o portal!" Olwen gritou. "Ele está nos atacando na linha!"

O luar dividia a nave da igreja de St Martin em feixes de luz e abismos de sombra. As cabeças no arco da torre eram escuras, quase invisíveis, como se petrificadas no meio da ação por algum dos primeiros santos mágicos cristãos.

De repente, a folhagem começou a brotar da boca e das orelhas do Homem Verde. Ela se espalhou rapidamente sobre as cabeças esculpidas, os Cernunnos, o Gigante e os demônios, despertando-os para a vida. Seus olhos e bocas começaram a brilhar com uma luz pálida e enevoada. Suas vozes gemeram e retumbaram como um trovão distante.

A folhagem continuou a se espalhar rapidamente até cobrir todas as paredes da nave, agarrando-se à pedra com seus tentáculos vigorosos enquanto as paredes começavam a tremer e a balançar. O globo de luz azul apareceu e pairou acima do arco da torre - em seguida, explodiu em um flash ofuscante.

Pequenas pedras caíram do topo das paredes. A poeira pairava no ar ao luar. O prédio parou de tremer, com sua estrutura ainda intacta. Então, a folhagem lentamente recuou para as orelhas e boca do Homem Verde. Nenhuma das cabeças do arco da torre foi danificada.

Olwen e Rhiannon, ambas encapuzadas, correram para a nave.

"O portal está salvo!" Rhiannon exclamou com alívio.

"Não podemos perder tempo", afirmou Olwen. "Devemos nos preparar."

Um círculo de velas acesas foi organizado sob as cabeças

esculpidas. Olwen e Rhiannon, ambas nuas, entraram no círculo. Com gestos e acenos, elas atraíram as chamas das velas cada vez mais alto, até que se tornaram um círculo de salamandras se contorcendo.

As salamandras giravam como em uma dança giratória. Olwen e Rhiannon dançaram com elas, cada vez mais rápido, até que perderam a forma física e se tornaram invisíveis, se juntando ao círculo de chamas saltitantes.

A igreja se encheu com a luz das salamandras. Sombras lançadas pelo fogo, como goblins saltitantes, circundavam as paredes da nave.

O círculo de chamas cresceu mais alto, até formar uma coluna de fogo. Olwen e Rhiannon se materializaram das chamas e ficaram atrás da coluna de fogo de frente para o arco da torre. Gareth, Rhys e Gwenda se juntaram a elas. Eles gritaram em uma só voz:

"EXPULSE ELA!!"

Pegando serpentinas de fogo salamandra, eles as jogaram na boca do gigante. Um som foi ouvido: um coração pulsando. O som ficou mais alto.

"EXPULSE ELA!!"

"EXPULSE ELA!!"

O coração pulsante parou abruptamente. Com um gesto de Olwen, o fogo se apagou. A nave ficou vazia e silenciosa. A lua dividiu o espaço mais uma vez em feixes de luz e abismos de sombra.

No arco da torre, a boca do gigante arrotava uma chama amarela, como se a figura nua engolida pela metade, presa entre os dentes, estivesse sendo consumida.

* * *

Paul, lavado e barbeado, sentou-se à mesa de jantar na sala de estar do caseiro da igreja. Ele parecia exausto, mas estava conseguindo comer um pequeno café da manhã. Arthur entrou com toras para o fogo recém-aceso.

"Não vai descansar um pouco mais, Paul?", ele perguntou preocupado.

"Como posso?" Paul respondeu. "Quando eu vim para cá eu tinha uma vida. Eu tinha fé. Eu tinha uma esposa. Agora não tenho nada." Ele se levantou da mesa. "Tenho que conseguir tudo de volta."

Ele saiu do chalé, atravessou o gramado e entrou no vicariato. Ele subiu as escadas e tentou abrir a porta do quarto de hóspedes, mas estava trancada.

Ele bateu na porta. "Sarah? Precisamos conversar. É urgente."

Não houve resposta.

Ele foi para o quarto principal e escolheu suas roupas de ar livre mais quentes e mais robustas. Ele as enfiou em um saco e desceu as escadas. Na sala de estar, ele pegou seu CD player e uma pequena seleção de CDs e saiu de casa.

Voltando para a cabana, ele desempacotou o saco de coisas e trocou de roupa. Não adianta torcer as mãos no colarinho, ele pensou. Era hora de levar a luta até seus inimigos.

Carregando o CD player, ele atravessou o cemitério e entrou na igreja de Todos os Santos. Não havia sinal de que o Reverendo Dodds havia estado lá. Beryl estava ocupada polindo a madeira.

Ele inseriu um CD de cantos gregorianos no CD player. Assim que *Veni, creator spiritus*, que ele considerou a escolha mais adequada, encheu a igreja ele se sentiu mais à vontade. Ele percebeu que Beryl o encarava com surpresa.

"Uma mudança revigorante, você não acha, Beryl?" ele sentiu que seu sorriso era quase o de um homem de paz. Um disfarce eficaz, pensou ele, para um novo homem violento.

"Eu amo", respondeu ela, com lágrimas de alegria enchendo seus olhos.

"Quero que você me faça um favor, Beryl, por favor."

"Qualquer coisa para ajudar, Paul. Você só precisa pedir."

"Quero que você toque este CD o dia inteiro até eu voltar. Ele dura exatamente setenta e quatro minutos e trinta e nove segundos."

Os cantos enviariam uma mensagem ao longo do alinhamento: que esse vigário em particular não iria ceder!

* * *

Paul deixou a igreja e dirigiu até uma pequena cidade mercantil a 40 quilômetros de distância. Ele pagou por quatro horas de estacionamento e caminhou até a igreja paroquial na praça do mercado. Ele se sentou em um banco na extremidade leste da nave e permaneceu lá por três horas. Ele deixou o ambiente tranquilo do lugar infiltrar-se nele até que sentiu que estava extraindo sua paz interior de alguma fonte interna profunda. Ele podia sentir isso começando a subir em sua mente até que ele se encheu de uma sensação de calma que não sentia há meses.

Ele se perguntou se ele estava ali para se comunicar com Deus ou com sua própria força vital. Ele deixou a questão permanecer aberta. Em seguida, ele deixou a igreja, visitou algumas lojas, voltou para o carro e dirigiu de volta ao vicariato. Se ele não tivesse se reconectado com Deus, ele pensou, pelo menos ele havia redescoberto sua própria resolução interior.

Carregando um pé-de-cabra e um spray do herbicida mais forte que poderia comprar sem licença, ele foi direto para o quarto de hóspedes e abriu a porta. O quarto estava vazio. Ele percebeu que as pinturas de Olwen nas paredes pareciam ter ficado mais sinistras. As rochas antropomórficas pareciam estar lentamente se transformando em entidades malévolas:

Sugestões de demônios, meio animal, meio humano.

Humanos com cabeças de pássaros. Corpos humanos com cabeças monstruosas. Cabeças sem corpos, apenas braços e pernas. Seres reptilianos e semelhantes a morcegos. Humanos com cabeças de sapo. Tudo tomando forma, como se estivessem prestes a escoar das pinturas para a sala. Devem ser as *manifestações vis* de William Grove, ele pensou com um estremecimento.

"Eu não vou desperdiçar água benta com vocês!" ele rosnou para eles. "Os envenenadores requerem envenenamento!"

Ele começou a pulverizar o herbicida nas pinturas. Os demônios se contorceram e fizeram uma careta de agonia, emitindo gritos estridentes de dor. Enquanto trabalhava, ele se perguntava se era assim para os primeiros missionários cristãos, enquanto caminhavam por toda a extensão dessas ilhas expulsando demônios. Quando não houvesse mais demônios, Deus deveria preencher o vácuo. Não deveria?

Mas se Deus era tão poderoso, por que Ele precisava de um intermediário humano? Por que ele não foi forte o suficiente para afastar esses demônios Ele mesmo? Deus era apenas conversa de vendedor? O verdadeiro poder estava centrado no treinamento e conhecimento esotérico do sacerdote mago? Embora essas perguntas lhe causassem desconforto emocional, intelectualmente ele achava que já deviam ser feitas há muito tempo.

Quando as pinturas foram completamente destruídas e os demônios estavam pingando em um pântano espumoso no chão, ele sentiu que havia compreendido perfeitamente sua proveniência. Ele viu Olwen em sua mente projetando com cada pincelada imagens e energias do grimório de algum antigo necromante. Bem, deixe a feiticeira fazer o seu pior. Ele estava pronto pra batalha.

Ele deixou a porta do quarto aberta, saiu do vicariato e atravessou o gramado até a cabana do caseiro da igreja.

* * *

Depois de comerem uma refeição matinal, Arthur sentou-se à porta de sua cabana. Vestido com seu velho casaco e chapéu, ele era quase invisível no crepúsculo cada vez mais profundo do final de outubro. Ele estava observando a igreja de Todos os Santos, onde uma suave luz amarela enchia lentamente as janelas da capela-mor.

Paul saiu da cabana. "O que está acontecendo, Arthur?"

"Algo muito estranho."

Enquanto eles olhavam, a luz amarela cresceu continuamente em intensidade.

"Eu vou investigar. Volte para a cabana, Arthur. Se Dodds estiver envolvido, é melhor que ele não te veja se envolvendo."

Paulo entrou na igreja com cautela. A luz amarela iluminava todo o edifício.

"Olá? Quem está aí? Reverendo Dodds? Olá?"

Não houve resposta. Uma névoa amarela parecia formar-se da luz, rodopiando da capela-mor para a nave. Enquanto caminhava em direção aos degraus da capela-mor, ele percebeu um som, fraco a princípio, depois ficando mais alto, como as ondas do mar batendo em uma costa rochosa distante.

"Olá? Dodds? Quem está aí?"

Ainda sem resposta. Ele subiu os degraus da capela-mor. A luz amarela parecia mais intensa na frente do altar e a névoa também estava se tornando mais densa ali. Ele deu um passo à frente. A névoa amarela se dissipou diante dele. Então ele viu o corpo nu de uma mulher deitada no chão diante do altar.

"Meu Deus... Joan Preston!" Ele olhou mais de perto. "Nem um dia mais velha."

O Reverendo Dodds subiu os degraus da capela-mor. "Isso mesmo. A última Guardiã."

Ele se juntou a Paul. Eles olharam para o corpo.

"Sua força vital se esgotou", anunciou o Reverendo Dodds.

"Eles terão que escolher um novo Guardião para admitir o exército do Diabo. E terão que fazer isso em breve. A Véspera de Todos os Santos é iminente, o início do festival mais importante do ano antigo. Devemos estar prontos."

Paul não estava prestando atenção nas palavras de Dodds. Algo inacreditável estava acontecendo ao corpo de Joan Preston.

"Deus me ajude! Veja!"

O corpo de Joan Preston tinha começado a envelhecer, de trinta e cinco a cinquenta, a sessenta, a sessenta e nove. Uma leve névoa branca se formou ao redor do corpo...

O corpo começou a ser absorvido pela névoa, desaparecendo gradualmente, primeiro as extremidades, depois os traços faciais começaram a desfocar...

Paul pegou sua cruz, deu um passo à frente rapidamente e pressionou a cruz na testa de Joan. Para seu horror, a cruz atravessou o tecido, como se fosse tão insubstancial quanto a névoa que a estava absorvendo.

Ele sentiu como se fosse vomitar. "Que Cristo te readmita em Sua Santa Igreja", disse ele com os dentes cerrados.

Então, enquanto ele e o reverendo Dodds continuavam a observar, a névoa na capela-mor se desvaneceu e desapareceu. Ao mesmo tempo, os tecidos do corpo de Joan Preston tornaram-se cada vez mais atenuados até que nem um único traço dela permaneceu. Foi como algo saído de um horror da Hammer, quando os restos mortais de Drácula desapareceram entre a poeira e as folhas sopradas do chão de seu castelo.

"Aquelas bruxas estão montando seu exército no Outro Mundo." A voz de Dodds trovejou na capela-mor vazia. "Quando um novo Guardião estiver no lugar, eles abrirão o portal para que milhares de deslocadores de almas possam entrar em nosso mundo. Acredita em mim agora, não é, Reverendo Milton?"

Paul olhou para seu companheiro com um olhar de desespero tão furioso que fez o desdenhoso patriarca piscar.

"Estou cercado por assassinos!" Paul exclamou.

Sem esperar a resposta do Reverendo Dodds, ele saiu da igreja.

CAPÍTULO CATORZE

Na manhã seguinte, Paul caminhou rapidamente pela floresta de Walden até a cabana de Olwen. Ele bateu com firmeza na porta. Não houve resposta. Ele experimentou a maçaneta da porta, que cedeu. Ele entrou na casa.

Ele se viu em uma cozinha antiquada. Uma fogueira de turfa queimava em um antigo fogão preto de cozinha. "Ok, Olwen! Aqui estou!" ele anunciou com uma risada de beligerância severa. "Você vem brincar comigo hoje? Ou você só sai quando Sarah está por perto?"

Nada aconteceu.

Ele caminhou pelos cômodos do andar térreo, que eram escassamente mobiliados com móveis pesados e antiquados.

"Olwen!" ele chamou. "Onde está você?"

Silêncio.

Ele encontrou uma porta que levava a uma escadaria. Ele começou a subir as escadas. Ele caminhou de cômodo em cômodo no primeiro andar, os móveis novamente velhos, escuros e pesados. Quando ele olhou pelas janelas, viu árvores por todos os lados, carvalhos enormes, retorcidos e ameaçadores. Ele caminhou por um corredor em direção a uma porta aberta no final. A porta se moveu um pouco e rangeu com as correntes de ar da casa.

Ele entrou na sala no final do corredor com cuidado. Contra uma parede, sob lençóis de proteção, ele encontrou uma longa fila de pinturas. Tirando os lençóis, ele começou a olhar as pinturas. A primeira mostrava Joan Preston, como ela era em 1985, em pé entre a grama em redemoinho no cemitério da igreja de St Martin. A pintura trazia a assinatura usual de Olwen Williams.

"Pobre Joan", ele disse para si mesmo.

Ele notou as palavras escritas à mão no verso da pintura:
A Guardiã. O Conduíte das Almas.

Ele olhou para a próxima pintura, que mostrava uma mulher esguia de trinta anos no início da moda dos anos 1940 na grama rodopiante do cemitério da igreja.

"Esther Parks."

A próxima pintura revelou um homem de quase trinta anos em trajes da Era Eduardiana entre as lápides e o capim rodopiante.

"E Edmund Reason."

Atrás dessa pintura havia mais uma dúzia, voltando, ele adivinhou pelas mudanças de moda dos sujeitos, à época da Reforma. O que aconteceu antes dela é um mistério. Ele se perguntou se talvez a igreja católica nessas partes tivesse sido mais receptiva aos pagãos. Nos anos turbulentos da Idade Média, algumas das comunidades mais remotas podem ter feito vista grossa para quem estava usando seu solo sagrado e como o estavam usando. Talvez em algumas partes eles fossem mais pagãos do que cristãos. O primeiro pode ter afirmado antes que era seu terreno de qualquer maneira.

Em todas as pinturas, desde a mais antiga, estava a assinatura inconfundível de Olwen Williams. O que ela era então, ele se perguntou - arquétipo ou deusa? Ou uma encarnação viva, como um avatar, desta última?

Ele percebeu que nenhuma das pinturas trazia os nomes de seus desafortunados sujeitos. Porque, é claro, eles logo se desumanizariam para cumprir seu destino hediondo.

Um cavalete estava perto da janela sustentando uma pintura coberta por um pano.

"Quem será?" Seu tom zombeteiro mascarou sua fúria crescente. "Que criatura indefesa você escolheu agora?"

Ele arrancou o pano. A pintura revelada mostrava Sarah no cemitério de St. Martin. O esboço que Olwen fez de Sarah estava preso na parte de trás, acima das palavras *A Guardiã*.

"NÃO!!" ele gritou em choque e descrença. "NÃO!! NÃÃÃÃOO!!"

Ele saiu correndo da sala.

* * *

Sarah entrou de bicicleta pelos portões do vicariato. Rhiannon, Gareth, Rhys e Gwenda saíram dos arbustos e bloquearam seu caminho. Sua maneira ameaçadora refreou seu sorriso ansioso. Gareth segurou o guidão.

"Sexy Sarah!" ele riu.

"A esposa infiel!" Gwenda cutucou Sarah nas costelas.

"Que golpe - a vaca de um vigário!" Rhiannon sorriu.

"Desça da bicicleta", Rhys ordenou.

Gareth e Rhys puxaram a resistente Sarah de sua bicicleta.

"Não! Não! Me deixem ir!" Sarah protestou. "Vou contar para Olwen!"

Rhiannon e seus companheiros riram sombriamente.

Arthur saiu de sua cabana e correu na direção deles pelo gramado. "Deixem a moça em paz! Isto é uma propriedade privada... saiam daqui!"

"Você deveria aprender boas maneiras, velhote", Gareth olhou para Arthur com um sorriso zombeteiro. Ele pegou um punhado de poeira do chão e jogou no ar. A poeira se transformou em um bando de gralhas que atacaram Arthur, tentando bicar seus olhos. Arthur levantou os braços para se defender, mas foi forçado a recuar no gramado. Beryl saiu correndo da cabana brandindo uma grande escova. Ela tentou lutar contra os pássaros, golpeando-os com a escova, mas os pássaros se voltaram contra ela também.

Rhiannon e seus companheiros riram e arrastaram a protestante Sarah para longe.

"Busque Paul, Beryl! Diga a ele o que aconteceu!" Sarah gritou.

Então ela se foi. As gralhas se desmaterializaram, voltando ao pó de onde foram feitas.

Dez minutos depois, Paul entrou rápido e derrapou até parar. Ele correu direto para o vicariato e correu escada acima. Entrando no quarto de hóspedes, ele abriu o guarda-roupa. Estava vazio. Todas as coisas de Sarah se foram, como se ela nunca tivesse existido.

Ele olhou para o guarda-roupa vazio, suas emoções em queda livre.

O Reverendo Dodds apareceu na porta. "Vejo que você fez um bom trabalho com esses objetos vis", disse ele, sorrindo severamente para as pinturas desfiguradas. "Mas eles não tinham nenhum poder real. Projetados apenas para assustar."

"Sarah foi levada!" Paul engasgou.

O reverendo Dodds não demonstrou nenhuma emoção. "Então você deve se preparar para a batalha de sua vida", disse ele com uma finalidade gelada.

* * *

Um fogo baixo brilhava malignamente no porão de Olwen. Velas brilhavam na lareira e nas prateleiras. Olwen se sentou em frente a Sarah na mesa de carvalho. Rhys e Gareth seguravam Sarah com firmeza pelos braços e ombros. Gwenda mexia em uma panela que estava pendurada acima do fogo. Rhiannon encheu uma pequena tigela da panela e colocou na frente de Sarah.

"Beba", Olwen mandou. "Você deve ser purificada."

"O que você está fazendo?" Sarah gritou. "Eu pensei que fôssemos amigos? Eu pensei que todos vocês eram meus amigos!"

"Estávamos mentindo, querida. Você não adivinhou?" Gareth fez uma careta trágica falsa.

"Você foi tão fácil, comparada ao seu marido virtuoso. Destruí-lo será muito divertido." Olwen olhou para Sarah com uma sugestão de triunfo antecipado. "Ele tem tocado cânticos gregorianos para me irritar. Claro, os cânticos sagrados começaram com os sacerdotes pagãos." Ela olhou para Sarah com desprezo. "Os cristãos também os roubaram e expressaram seus pietismos sem sentido."

"Paul vai procurar por mim. Ele vai me encontrar!" Sarah afirmou com bravata vazia.

"Ele não vai te encontrar. Ele está muito ocupado procurando por Deus!"

Todos riram da zombaria de Rhiannon.

Sarah começou a chorar incontrolavelmente. Ela derrubou a tigela da mesa.

"Você vai beber. Todos bebem." Olwen comentou suavemente.

Gareth e Rhys seguraram Sarah com força. Rhiannon trouxe outra tigela. Sarah gritou e lutou.

"Não! Não! Me deixem ir!"

Eles a forçaram a beber. Depois de alguns segundos, ela ficou sonolenta. Seus olhos se fecharam e ela caiu para frente na mesa.

Olwen riu. "A valeriana e a fumitória vão prepará-la. É uma ironia deliciosa que ela mesma tenha colhido as ervas."

Gareth e Rhys soltaram Sarah. Gareth encheu copos de vinho de uma velha jarra de pedra e os distribuiu.

"À nova Guardiã!" Rhys gritou jubiloso.

Eles esvaziaram seus copos. Gareth pegou Sarah nos braços e a carregou para fora da sala.

* * *

Paul saiu da cabana dos caseiros da igreja. Arthur, com a cabeça enfaixada, permaneceu na porta.

"Desculpe, não pude impedi-los, Paul", afirmou ele amargamente. "Mas eles parecem capazes de criar qualquer magia que lhes convenha."

Paul olhou para Arthur preocupado. "Estou feliz que eles não causaram ferimentos graves."

Enquanto conversavam, começaram a notar uma mudança na qualidade da luz, um avermelhamento do ar ao norte, na direção de Walden.

"Deus nos ajude! Veja isso!" Arthur exclamou.

"É poeira", disse Paul com surpresa. "Eu posso sentir na minha língua, como a areia de um siroco infernal." Ele parecia preocupado de repente. "Você e Beryl se tranquem em casa. Vou fechar a igreja."

A poeira vermelha rodopiou densamente no ar enquanto Paul lutava pelo cemitério da igreja contra o vento crescente. Ele abriu a porta da sacristia, mas precisou de todas as suas forças para fechá-la novamente. Ele trancou as portas, então tentou acender as luzes. Mas não havia nada. Sem eletricidade.

O brilho vermelho sombrio fora das janelas enchia a igreja com um crepúsculo castanho-avermelhado assustador. Como o interior do inferno, pensou Paul. Uma fina poeira vermelha penetrou na igreja, pairando no ar e embotando as cores dos vitrais da janela leste.

Ao entrar na capela-mor, percebeu uma figura nebulosa sentada ao órgão.

"Se identifique!", ele exigiu.

A figura se retirou do órgão e caminhou rapidamente em sua direção. De repente, Sarah estava se jogando em seus braços.

"Sarah!" ele exclamou. "Como você chegou aqui?"

"Eu escapei", ela sorriu para ele através da escuridão vermelha. "Eu não sou inteligente? Por que você não dá um beijo na sua corajosa esposa?"

Ele a beijou na bochecha, mas ela agarrou sua cabeça e forçou seus lábios contra os dela. Seu cabelo tinha um leve cheiro de fumaça de lenha e folhas de outono.

Ele a empurrou violentamente. "Você faria isso na casa de Deus? Satisfazer suas artes sombrias sob Seu teto sagrado? Onde está Sarah? O que você fez com minha esposa?"

Olwen em sua forma mais jovem estava diante dele. "Ainda se apega ao seu deus vazio? Ele nunca irá salvá-lo! Quanto à sua esposa, ela pertence a mim agora!"

"Você não passa de uma mera vigarista!" ele retrucou para ela. "Eu ordeno que solte minha esposa!"

"Esqueça sua esposa! Ela não pode lhe oferecer nada em comparação a mim! Eu sou quem você realmente deseja. Você não pode resistir a mim, padre!" Ela o empurrou contra um banco e o dominou, então começou a arrancar suas roupas. "Tem um homem aqui? Vamos ver se consigo encontrá-lo!"

Ele tentou empurrá-la. "Você não vai tomar meu poder!"

Ela riu asperamente e arrancou a camisa e a calça dele. "Poder? Você não tem nenhum. Mas eu vou te emprestar um pouco - então você pode me foder!"

A força de sua vontade o sobrecarregou. Ele se sentia como um nadador exausto, debatendo-se em uma ressaca implacável. Ele percebeu que eles estavam nus e ela o estava empurrando para o altar, pressionando-se contra ele, forçando-o a entrar nela...

"Agora, padrezinho, foda uma mulher de verdade, para variar!"

As portas da igreja se abriram. A tempestade de poeira vermelha entrou na igreja e assolou-se violentamente ao redor deles. A poeira estava em sua garganta e olhos, sufocando-o, quase cegando-o. O vitral acima do altar se espatifou. A fonte quebrou em duas. O altar desmoronou.

"NÃÃÃÃOOO!" ele gritou.

A enorme cruz dourada na parede ao lado da janela leste se soltou e caiu. Bem a tempo, Olwen se afastou de Paul, sua sedução a meros segundos de consumação. Ela evitou a queda da cruz por um centímetro e fugiu.

Paul estava deitado no chão, inconsciente, sob a cruz caída.

CAPÍTULO QUINZE

E m algum momento no meio da noite, Paul acordou. Ele se levantou devagar. Ele estava completamente vestido. Todas as luzes da igreja estavam acesas. A tempestade de poeira cessou e tudo estava de volta ao normal. A cruz estava pendurada em seu lugar na parede. A janela leste, a fonte e o altar estavam intactos.

Ele olhou ao redor com espanto. "Um milagre", ele disse a si mesmo. "É um milagre."

Ele inspecionou a igreja. Não havia poeira. Nenhum sinal de uma luta. Nada que indicasse que algo incomum havia acontecido. Ele tinha imaginado isso? Teria sido algum tipo de fantasia sexual maluca? Mas ele ainda podia sentir o cheiro de fumaça de lenha e folhas de outono em algum lugar. Ele percebeu que o cheiro vinha de seu colarinho.

Ele foi até a sacristia e cobriu as roupas com uma sobrepeliz. Voltando ao santuário, ele parou diante do altar. Ele ergueu sua cruz e orou em voz alta.

"Rogamos a Ti, ó Deus Todo-Poderoso, que o espírito da maldade não tenha mais poder sobre este Teu servo, mas que fuja e nunca mais volte."

Ele borrifou água benta sobre si mesmo, no chão ao redor de seus pés e no altar. Ele se ajoelhou em oração.

"Pai, ajude-me a ouvir, entender e lembrar..."

A pálida luz do amanhecer iluminava as janelas à noite. Paul se levantou, foi até a sacristia e apagou as luzes. Deus realmente o salvou, ele se perguntou? Ou sua luta com Olwen desencadeou um choque de forças primordiais que pré-existiam a própria noção de deuses? Sua batalha com a feiticeira tinha sido física, astral ou espiritual? Ele se sentiu abatido pelos limites de sua compreensão.

Mas algo o salvou. E ele realmente sentiu que uma mudança ocorrera nas profundezas de seu ser. Ele estava calmo. Ele se sentia interiormente mais forte, como se uma parte fechada de si mesmo tivesse rompido e alimentado sua vida. Que nova consciência poderia surgir borbulhando, ele não tinha ideia. Mas seja lá o que a mudança significasse, ela era bem-vinda.

Sua origem, externa ou interna, era um mistério. Quão pouco sabíamos sobre a vida, ele pensou. Seja qual for a fonte, não deve haver pressa em julgamentos.

Quando voltou para a capela-mor, encontrou Julius Dodds, seu cajado de ébano na mão, esperando por ele.

"Fico feliz em ver você começar a trabalhar cedo, Reverendo Milton", ele entoou sonoramente.

"Suponho que você não precise dormir, não é, Dodds?" Paul respondeu. "Uma pequena fraqueza que nós, mortais, temos que suportar."

Reverendo Dodds ignorou o comentário. "Você está ciente de que o ritual da Véspera de Todos os Santos começará em Walden nesta mesma noite?"

"Claro."

"Você vai precisar de ajuda", sugeriu o reverendo Dodds em uma voz quase amigável.

"Não sua, Dodds."

"Como quiser."

O Reverendo Dodds saiu da igreja. Paul, suas feições decididas, o observou partir.

* * *

Paul, em um agasalho de treino quente, saiu do vicariato na direção de Walden. Ao sair de Low Moor, teve um vislumbre da igreja de St. Martin, a ruína era visível através das brechas na floresta sem folhas de outono. As charnecas distantes além da igreja eram escuras e ameaçadoras.

Ele dirigia rápido, seus pensamentos focados na noite à sua frente. Como se tivesse sido derrubada por um lenhador invisível, uma árvore na beira de repente caiu em seu caminho. Ele gritou de surpresa e pisou no freio.

Era tarde demais. Ele bateu na árvore, mas pareceu passar direto por ela. Ele saiu do Fiesta e olhou em volta maravilhado. Não havia sinal da árvore caída, nenhum traço de toco serrado na beira da estrada. Ele verificou o Fiesta em busca de danos, mas não encontrou nenhum. Ele voltou para o carro, esperou até se sentir calmo novamente, depois dirigiu mais devagar.

Se aquele era um dos jogos mentais de Olwen Williams, ele estava disposto a isso, mas também sabia que as forças em Walden empregariam qualquer meio para enganá-lo. Uma de suas ilusões pode de repente se revelar real.

Uma parede de pedra aparentemente sólida apareceu, bloqueando completamente a pista. Ele gritou de novo involuntariamente e pisou no freio. Ele bateu na parede com a velocidade um pouco maior do que um passo de caminhada e passou por ela.

Ele continuou dirigindo. De repente, uma imensa torrente de água caiu sobre ele no meio da pista. Ele não teve tempo de reagir antes que a água o engolisse. Ele não pôde deixar de gritar e fechou os olhos por alguns segundos.

Quando ele abriu os olhos novamente, não havia nenhum sinal da água. Ele tinha conseguido de alguma forma manter o carro na estrada e não tinha rolado em um campo. Ele saiu do Fiesta e encostou-se a um portão ao lado da rua, sentindo-se abalado. Depois de alguns minutos, ele decidiu voltar para o carro e seguir em frente. Quando ele deu um passo em direção ao Fiesta, ele explodiu em uma bola de fogo, jogando-o no chão.

Se ele tivesse chegado alguns momentos antes, não havia dúvida de que teria sido morto. A feiticeira estava atrás dele para se vingar.

* * *

Em um pequeno quarto no porão da casa de Olwen, uma única vela queimava em cima de uma cômoda. Sarah estava deitada em uma cama de acampamento simples, nua, drogada, meio adormecida. Olwen entrou e olhou para ela possessivamente. Um momento depois, ela se transformou em Paul e tocou a mão de Sarah, acordando Sarah.

Sarah se aproximou dele. "Ah, Paul, eu fui uma idiota. Você pode me perdoar? Deus pode?"

Ele se sentou na cama e passou os dedos pelos cabelos dela, depois a beijou suavemente na testa. "Você está segura agora. Eu sempre estarei aqui para você. Deite e relaxe."

Ela se deitou. Ele se abaixou suavemente em cima dela. Mas algo não estava certo. Após alguns momentos ela começou a resistir.

"Deus me perdoa, Paul? Você perdoa? Não é você, é? Me larga!"

Ela lutou com força contra ele. Depois de alguns momentos, ele desistiu e se transformou novamente em Olwen.

Olwen saiu da cama. "Que coisa estúpida e triste você é!" ela disse, olhando malignamente para ela. "Por que você não volta a dormir e sonhar com seu marido apaixonado por Deus!"

Olwen saiu do quarto. Mas suas palavras deram esperança a Sarah - e da esperança veio a força. Ela percebeu que Paul não havia sucumbido aos truques e afagos de Olwen. Ele estava lá fora, ela sabia, pronto para vir em seu resgate. O que quer que acontecesse, ela só tinha que se concentrar nisso e aguentar.

Ela tinha sido fraca, vaidosa e impressionável, como uma adolescente. Ela decepcionou Paul gravemente, jogou sua deslealdade na cara dele. Se ela sobrevivesse a esta provação, ela faria tudo o que pudesse para consertar as coisas.

Ela realmente o amava, ela percebia isso claramente agora. Ela se perguntou o que ele estava fazendo e se estava em perigo. Ele estava arriscando sua vida para salvar a dela? O pensamento a inundou de tristeza e culpa e ela chorou lágrimas amargas de remorso.

Rhiannon, Gareth e Rhys apareceram no quarto. Eles olharam para o rosto choroso de sua prisioneira.

"Ela ainda está se lembrando de muito", Rhiannon disse. "Ela precisa de mais."

Enquanto os homens seguravam Sarah, Rhiannon a forçou a beber outra tigela da horrível mistura.

Em poucos segundos, todos os pensamentos de Paul foram deixados para trás, enquanto ela mergulhava no abismo do esquecimento drogado.

* * *

Paul sentou-se à beira da estrada, olhando para a carcaça queimada de seu carro. Ele escapou por sorte. Olwen achava que ela tinha acabado com ele? Que poderes de clarividência ela possuía? Ela podia vê-lo agora ou ela assumiu que ele era história? Ela alguma vez cometeu um erro por omissão?

Uma ideia estava tomando forma em sua mente que trouxe um sorriso sinistro a seu rosto. Talvez fosse sua vez de pregar uma peça na feiticeira.

Ele estava prestes a atravessar a estrada e desaparecer na floresta além, com a ideia de alcançar Walden sem ser detectado, quando um demônio, parte humano, parte réptil, surgiu das árvores e se lançou contra ele, tentando agarrar sua cabeça com suas mandíbulas imensas. Ele lutou com a criatura, mas não era páreo para sua ferocidade.

O demônio de repente endureceu e relaxou seu aperto. Ele se soltou de suas garras e o empurrou pra longe. O demônio caiu no chão, com uma seta de besta cravada na nuca.

Dois monges empunhando bestas surgiram de trás de uma cortina de arbustos de sabugueiro. O Reverendo Dodds os acompanhava.

"Aceita ajuda agora?" Dodds perguntou. Para desgosto de Paul, o homem parecia se divertir com sua situação.

Dodds ofereceu a Paul uma faca em uma bainha de couro. "Esta lâmina foi moldada em uma solução especial de enxofre. Ataque os olhos ou a garganta de seus inimigos, eles geralmente são os pontos mais fracos. Mas qualquer ferimento é melhor do que nenhum."

Relutante, Paul aceitou a faca. O reverendo Dodds entregou-lhe uma cruz de prata em uma pequena caixa forrada de chumbo. Paul a pegou.

"Isso também foi tratado com uma solução de enxofre." Ele encarou Paul friamente. "Você sabe o que fazer com isso."

Finalmente, o reverendo Dodds jogou para ele uma capa preta com capuz. "Isso não o tornará invisível, mas ajudará a criar o anonimato." Ele ofereceu um sorriso irônico. "Você pode sentir um pouco de frio esta noite depois do calor do dia."

Paul aceitou a capa em silêncio, assim como tinha feito com a faca e a cruz de prata. Usando a capa, ele continuou sua jornada a pé. Quando finalmente olhou para trás, viu que Dodds e os dois monges haviam desaparecido.

Ele estava sozinho agora, com todas as suas chances diante de si, sem qualquer dependência do Deus cristão e com apenas sua inteligência como guia.

CAPÍTULO DEZESSEIS

Olwen sentou-se perto da lareira do porão, enquanto Rhiannon se inclinava sobre o espelho de vidência que estava sobre a mesa.

"O que você vê?" Olwen perguntou.

"O carro queimado do padre. Nosso pessoal está sinalizando que não há um corpo dentro. Eles estão procurando na pista... sinalizando que não há nada para encontrar."

"Ele virá até nós mais tarde", disse Olwen com naturalidade. "Nós cuidaremos dele então. Ele não tem nenhum poder e não representa nenhuma ameaça."

Gareth e Gwenda entraram com Sarah, que estava vestida com um manto largo. Ela parecia fortemente drogada.

"Sente-a", ordenou Olwen.

Olwen se sentou em uma das pontas da mesa, enquanto Gareth e Gwenda colocaram Sarah em uma cadeira em frente. Rhiannon removeu o espelho de adivinhação e deu um tapa no rosto de Sarah com força, fazendo com que seus olhos se arregalassem. Gwenda segurou a cabeça de Sarah para que Olwen pudesse olhar profundamente em seus olhos.

"Esta é a sua verdadeira função: ser um canal entre os mundos. Um caminho para minhas forças do Outro Mundo. Você entendeu?" Olwen perguntou severamente.

Os olhos de Sarah estavam fixos sem resistência em Olwen. "Eu entendi", ela ecoou. Sua voz era monótona e sem inflexão, como a voz de um robô.

Olwen se transformou em seu terceiro arquétipo, a Velha, uma bruxa encurvada e envelhecida, com rugas e mechas de cabelo grisalho, uma boca afundada desdentada, pele amarela e olhos ferozes com contornos vermelhos.

"Me segure!" ela pediu.

Gareth segurou a cabeça de Olwen. Uma forma de espírito, uma cópia exata da Velha, deixou Olwen e passou para Sarah.

Sarah gritou de agonia.

A forma espiritual retornou e se fundiu com Olwen, que voltou à sua forma usual.

"Agora você está pronta", Olwen afirmou.

Sarah desabou de bruços sobre a mesa. Gareth e Gwenda a arrastaram pra fora da sala.

Rhys entrou com o rosto vermelho de tanto esforço. "Nosso povo está na charneca, preparando-se para carregar as correntes terrestres."

"Que o ritual comece!" Olwen gritou.

Olwen, Rhiannon e Rhys saíram correndo da sala.

* * *

Um grupo de figuras vestidos com capas e encapuzadas reuniu-se no túmulo de Walden Moor. Um canto e uma batida suave começaram. Depois de vários minutos, o grupo atravessou a charneca até chegar à pedra em pé. O canto e as batidas se intensificaram. O grupo parou na pedra.

O sol poente tocou o monte de pedras no horizonte além de Low Moor. O canto parou. A batida ficou mais suave. Um caminho de luz dourada estendia-se do monte de pedras até a igreja de St Martin e tocava a pedra em pé. O grupo se separou para permitir que o caminho da luz passasse entre eles. A pedra brilhava com luz, como se fosse iluminada por dentro.

O canto recomeçou, primeiro suavemente, depois aumentou. A batida ficou mais alta. O grupo circulou a pedra três vezes, batendo os pés no desgastado círculo de terra que a rodeava, depois avançou lentamente em direção à igreja de St. Martin ao longo do caminho de luz dourada.

A luz do sol se estendeu para tocar o túmulo, então começou gradualmente a recuar conforme o sol começou a afundar.

Um segundo grupo de figuras encapuzadas e encapuzadas estava em meditação silenciosa ao redor do *Poço da Velha Esposa*.

Um tambor bateu suavemente. A efígie de *Cailleach*, vestida com capa e capuz, estava sentada em uma maca.

A batida suave ficou mais alta. O grupo bateu os pés no chão da floresta e começou uma rotina de chamada e resposta simples e rígida. Eles ergueram a efígie na altura do ombro na maca.

O sol se pôs atrás do monte de pedras. O grupo em Walden Moor dirigiu-se para a igreja de St Martin carregando lanternas acesas. O canto começou a crescer, tornando-se cada vez mais intenso.

O grupo chegou à igreja de St Martin e se espalhou pelo cemitério, como defensores dos temenos. Uma rotina de chamada e resposta começou.

A lua cheia nascente apareceu acima do túmulo de Walden Moor como se tivesse surgido da terra. Um caminho de luz prateada estendia-se até a pedra em pé e através da charneca até a igreja de St Martin. O caminho se espalhou ainda mais, até tocar o monte de pedras no horizonte além de Low Moor.

O grupo da floresta foi até a casa de Olwen, carregando a

efígie em sua maca. Os membros do grupo batiam os pés e entoavam um ritmo de batida simples e repetitivo.

Sarah, uma figura cambaleante em uma capa escura com capuz, saiu da casa. Olwen, de capa e capuz, a seguia. Ela segurava Sarah com uma corda. Rhiannon e Gwenda vieram em seguida, depois Gareth e Rhys, todos usando capas com capuz.

Quando Olwen saiu da casa, o caminho do luar prateado a tocou. Ela se transformou momentaneamente em uma figura semelhante a uma deusa com uma aura prateada cintilante. Houve um suspiro de êxtase do grupo.

Olwen, de pé atrás de Sarah e segurando seus ombros, gritou: "Contemplem! Nossa nova Guardiã!"

Um grito foi ouvido, acompanhado por fortes batidas de pés e de tambores.

O grupo avançou pela floresta, quatro figuras encapuzadas carregando a efígie em sua maca. Exceto pelas duas pessoas com tambores, todos carregavam tochas acesas. Sarah foi instigada com fortes puxões da corda.

A batida continuou, abafada e rápida. As sombras se contorciam e giravam à luz das lanternas. As árvores perto do caminho balançaram como se estivessem em uma tempestade.

O grupo fez uma pausa para fazer oferendas rituais no poço sagrado. Eram feitos com os pertences de Sarah: roupas, sapatos, maquiagem, mochilas, bijuterias, escovas de cabelo.

O grupo continuou em frente, seguindo a trilha que subia o campo em direção à igreja de St Martin. O ritmo das batidas tornou-se mais complexo. Demônios menores se juntaram a eles: criaturas semelhantes a morcegos e pássaros que circulavam acima do grupo, adicionando seus gritos misteriosos ao ritmo dos tambores

Sarah escorregou e caiu. Ela foi arrastada por Gareth e Rhys e tropeçou.

O grupo alcançou o portão do cemitério e carregava a

Cailleach. Olwen e a nova Guardiã o seguiram. Ambos os grupos entraram na igreja, com a *Cailleach* levado para dentro primeiro.

O caminho do luar prateado que se estendia do túmulo até a pedra em pé e para a igreja de St Martin enchia o prédio com uma pálida luz. A batida dos tambores se intensificou, ganhando ritmo.

Uma névoa baixa, estranhamente branca ao luar, começou a se espalhar de buracos cobertos de urze em Walden Moor e a se reunir ao longo dos cursos dos riachos da charneca.

Na igreja de St. Martin, as lanternas estavam apagadas, a pedra antiga iluminada apenas pelo luar prateado. A bateria mudou para um ritmo simples e despojado. Ambos os grupos, cerca de quarenta pessoas, formaram um semicírculo na nave, voltado para o arco da torre com expectativa.

A efígie foi colocada sob as cabeças esculpidas, como se fosse dirigir-se à assembleia na nave. As bocas das cabeças brilhavam com uma luminescência pálida, como se preenchidas com a luz da lua. Um lento ritmo de batidas começou.

Olwen soltou a Guardiã da corda, forçando-a a se ajoelhar no chão da nave. Ela puxou o capuz da Guardiã. A figura parecia estar em um transe fortemente drogado.

Olwen apontou para a efígie. A batida parou.

"Desperte!"

A *Cailleach* se mexeu e ergueu os braços. Houve um longo suspiro da assembléia. Uma névoa semelhante a um ectoplasma começou a jorrar da boca das três cabeças centrais: o Gigante, Cernunnos e o Homem Verde...

No jardim, sessenta monges em vestes marrons, armados com facas, bestas e tochas acesas, cercavam a igreja. Uma figura com capa preta e o Reverendo Dodds, ambos com tochas, estavam separados deles.

O reverendo Dodds gritou: "Cuidado e estejam prontos! O portal do Outro Mundo está prestes a abrir!"

Na igreja, Gwenda jogou o capuz para trás e fez um círculo no chão sob o arco da torre. O ectoplasma espesso fluiu para o círculo. Olwen removeu a capa da Guardiãa, revelando sua figura nua.

Olwen dirigiu-se a ela: "É hora de você cumprir sua função. Permitir que minhas forças entrem neste mundo."

Ela colocou a Guardiã de pé e a empurrou para dentro do círculo. A Guardiã se agachou no círculo, entrelaçada por fitas de ectoplasma. Lentamente ela se desmaterializou.

"Ela está no lugar", anunciou Olwen. "Comecem!"

CAPÍTULO DEZESSETE

U m ritmo furioso de tambor retumbou no espaço sagrado. O som dos tambores e do canto produziu um estado alterado de consciência nas pessoas reunidas e o grupo agora experimentou um mundo oculto de poder que desencadeou sua realidade aterrorizante dentro das paredes da velha igreja.

Um deslocador de alma, uma espiral de energia cintilante multicolorida, se materializou a partir do ectoplasma no círculo. Ele pairou por um momento, ondas de cor irradiando dele e girando no céu noturno. De repente, ele girou do círculo em direção a Olwen.

"Vá!" ela ordenou. "Destrua nossos inimigos!"

Deslocadores de almas saíram da igreja de St Martin. Tudo o que podia ser visto deles no cemitério da igreja era a espiral de energia girando, lançando-se entre as lápides com a velocidade enervante de um djinn do deserto. Os monges de Dodds lutaram incansavelmente. Alguns monges foram lentos demais para reagir e prontamente foram possuídos, virando-se e lutando contra seus irmãos com violência irresistível.

O Reverendo Dodds atravessou o caos, causando mortes

com a ponta de sua faca com a eficiência infalível de um veterano endurecido pela batalha. Ele cortou as gargantas de monges possuídos, então recuperou suas almas com sua cruz. Qualquer deslocador de alma ao seu longo alcance foi incinerado com sua tocha flamejante.

"Aproximem-se!" ele ordenou seus lutadores. "Não deixem eles passarem!"

Os monges lutaram incansavelmente. Muitos estavam mortos. A figura de capa preta lutou ombro a ombro com os sobreviventes. Hesitante no início, ele rapidamente encontrou seu ritmo de luta, cortando e queimando seu caminho através do cemitério, o tempo todo trabalhando continuamente em direção à porta da igreja.

* * *

Na charneca perto do monte de pedras no topo da colina, dois monges saíram do abrigo de um grupo de lariços derrubados pelo vento. Um carregava um martelo pesado, o outro uma longa estaca de ferro. Eles se moveram com cautela através da urze na altura dos joelhos sob a brilhante esfera da lua cheia, até que alcançaram o caminho de luz prateada que se estendia pela charneca.

Um dos monges segurou a estaca de ferro, enquanto seu companheiro a cravou na terra com golpes de martelo. Assim que a estaca foi cravada, o caminho de luz prateada começou a desaparecer lentamente.

Ao mesmo tempo, perto do túmulo em Walden Moor, dois monges surgiram de uma cavidade cheia de névoa e seguiram rapidamente para o caminho da luz. Eles estavam equipados de forma semelhante, um com um martelo pesado, o outro com uma estaca de ferro. Eles começaram seu trabalho, mas antes de desferirem mais de meia dúzia de golpes, dois terríveis seres do Outro Mundo apareceram no túmulo:

Um era um enorme Homem das Sombras, com os olhos e a boca cheios de fogo derretido. Ao seu lado estava um Cão Preto gigante, os olhos vermelhos da criatura e o focinho lambido por uma chama fosforescente.

"Antigos guardiões!" o primeiro monge gritou. "Nós perturbamos o Mundo dos Mortos!"

"Depressa!" seu companheiro pediu. "Devemos terminar nossa tarefa!"

O Homem das Sombras soltou o Cão Negro, que galopou em direção aos monges ao longo do caminho da luz. Os monges tentaram martelar a estaca, mas, com um uivo estupendo, o Cão Negro saltou sobre eles.

"Para trás, criatura asquerosa!" o segundo monge gritou. "Você não tem poder sobre os servos de Deus!"

Ele ergueu sua cruz para se proteger, mas o Cão Negro o matou com uma rajada de seu hálito tóxico.

"Fantasma vil, vá embora!" gritou o primeiro monge desafiadoramente. "Estamos fazendo o trabalho de Deus!"

Ele tentou colocar a estaca sozinho. Ele quase conseguiu quando o Cão Negro saltou sobre ele. Com um último golpe desesperado, o monge martelou a estaca, enquanto o Cão Negro o derrubava com seu hálito, então jogou a cabeça para trás e encheu a noite com seus uivos triunfantes de gelar o sangue.

Mas o caminho de luz foi interrompido e lentamente começou a desaparecer. Com um uivo final arrepiante, o Cão Negro desapareceu no túmulo. O Homem das Sombras demorou alguns instantes, então ele também se foi.

* * *

No cemitério da igreja de St. Martin, a batalha travou-se entre os monges de Dodds e os deslocadores de almas. Metade dos monges estavam mortos e novos deslocadores de almas continuavam chegando. O Reverendo Dodds olhou para as charnecas e viu que o caminho da luz estava sumindo.

"O campo de energia foi interrompido! Lutem mais forte!" ele rugiu.

A figura encapuzada de preto tinha quase alcançado a porta da igreja, mas, antes que ele pudesse entrar, dois deslocadores de alma irromperam pela porta e correram para ele. Ele lutou contra eles com faca e tocha, mas eles persistiram. Se um terceiro deslocador de almas tivesse se juntado a eles, a luta teria acabado. Mas nenhum veio. Um monge juntou-se à luta perto da porta da igreja e os dois deslocadores de alma foram rapidamente destruídos com golpes certeiros de sua tocha.

Na igreja, um deslocador de alma começou a se materializar no círculo de ectoplasma, mas parecia incapaz de tomar forma e caiu no chão com um som semelhante ao de vidro de cristal estilhaçando. As fitas de ectoplasma começaram lentamente a se retirar para a boca das três cabeças esculpidas.

"Ele está recuando!" Rhiannon exclamou.

"O campo de energia está falhando!" Percebeu Gareth.

"Dodds e seus lacaios!" Olwen gritou furiosa.

A *Cailleach* de repente abaixou os braços.

Houve um suspiro de consternação da assembleia. O ectoplasma recuou completamente para a boca das cabeças no arco da torre.

Olwen se virou para a porta quando a figura de capa preta entrou com sua tocha flamejante. Paul jogou o capuz para trás.

"Em Nome de Deus eu te denuncio!" ele trovejou. "Em Nome dos Santos Abençoados eu te denuncio! Em Nome do Espírito Santo eu te denuncio!"

A assembleia avançou, prestes a atacá-lo. Seu avanço foi interrompido abruptamente quando os trinta monges sobreviventes, armados com tochas acesas, bestas e facas, entraram na igreja.

"Este lugar pertence a Deus!" Paul olhou para Olwen. "Estou aqui para reivindicá-lo em Seu Nome!"

"Deus? Vocês inventaram ele!" Olwen desdenhou.

"Seus truques e mentiras não são nada para mim!" Paul respondeu.

Os modos de Olwen pareceram suavizar. Olwen se transformou em sua forma mais jovem. "Eu admiro homens fortes como você. É triste ver você desperdiçando sua vida aqui." Ela estendeu as mãos para ele. "Venha, seja meu consorte. Eu posso lhe dar visões e aventura. Posso lhe dar a verdadeira iluminação. Posso te dar amor."

Paul se afastou dela. "Só Deus é amor", afirmou ele com firmeza.

"Nenhum deus pode amar, porque eles não são humanos", ela rebateu.

"Volte para o Outro Mundo de onde você pertence!" ele mandou.

Ela riu. "Pequeno padre, eu poderia destruí-lo com o cuspe que está na minha língua! Você não pode me matar. Eu personifico os três grandes arquétipos do princípio feminino. Se você tentar me matar, eu irei me transformar em mil formas de vida em poucos segundos. Você nunca será rápido o suficiente para me derrubar."

"Vamos ver quem tem o verdadeiro poder aqui!" Ele se virou para a *Cailleach* que estava sentada sob o arco da torre sem mais presença agora do que uma simples efígie de pelúcia. "Eu te amaldiçoo, falso ídolo, em nome da Santa Igreja de Deus!"

Ele colocou sua tocha na *Cailleach*.

Com um guincho horrível, a efígie explodiu em chamas e foi consumida em um momento. Com um grito agonizante, Olwen caiu no chão, onde ela se transformou involuntariamente em seu ameaçador arquétipo de Velha.

"Fique longe de mim, padre!" ela grasnou roucamente. "Fique longe!"

"Eu vim por minha esposa. Você vai soltá-la!" ele comandou.

"Não vou!" Ela lançou as palavras de volta para ele como uma maldição.

Ele removeu a cruz do reverendo Dodds de debaixo de sua capa.

"Solte-a!"

"Nunca!"

Ele pressionou a cruz contra a testa dela. "Renda-se, não a mim, mas ao ministro de Cristo! Pois Seu poder pressiona sobre você, Quem te subjuga sob Sua Cruz! Trema com o poder de Seu braço!"

Olwen, em seu arquétipo da Velha, sibilou e se contorceu no chão. Paul se curvou sobre ela e pressionou a cruz com ainda mais força em sua testa.

"Ordeno-te, pelo poder de Deus e do Espírito Santo, que parta deste lugar para nunca mais voltar! Dá lugar a Cristo, que te venceu."

Com um grito terrível, Olwen desapareceu.

No momento seguinte, Sarah se materializou no chão. Ele foi até ela e a envolveu em sua capa.

"Você estará segura agora, meu amor", disse ele com ternura. "Nenhum mal mais pode acontecer a você."

Ela não respondeu. Ela parecia nada mais do que uma concha vazia, um ser sem alma animada. Antes que ele pudesse carregá-la para fora da igreja, o Reverendo Dodds saiu das sombras.

"Parabéns, Reverendo Milton, você é um verdadeiro guerreiro de Deus."

"Você não tem mais nada a ver com Deus do que aquela feiticeira!" Paul respondeu. "A religião sempre foi uma desculpa para a guerra. Tudo o que vocês dois querem é poder e controle! E nunca será o suficiente para vocês. Você não vai descansar até que você controle o mundo inteiro!"

Dodds ignorou o surto de Paul. "Eu exigia um homem de Deus, que fosse puro de espírito e sem medo."

"Isso exclui você, Dodds!" Paul respondeu com uma risada cruel.

"Eu não poderia batalhar com ela", rebateu o Reverendo Dodds. "Se eu a tivesse derrotado, teria absorvido muito de seu poder e ficaria tentado a usá-lo para ganho pessoal. Não é uma situação que eu gostaria de experimentar! Mas sua natureza é a prova contra isso - uma disposição rara que não pode ser corrompida pelo desejo pessoal. Só você poderia derrotar a feiticeira e permanecer ileso."

"Você armou para nós!" Paul respondeu com fúria amarga. "Você sabia desde o início que Sarah seria tomada como a próxima Guardiã! Você poderia ter me avisado! Você colocou a vida dela, a própria alma dela, em risco!"

"Você teria feito o que conseguiu esta noite se as chances fossem menores?" Dodds perguntou, fixando Paul com um olhar glacial.

Paulo olhou feio para ele, esse suposto cristão que não mostrava o menor traço de sentimento humano.

Quando baniu Olwen, ele acreditava fervorosamente no que fazia, como se fosse o espírito vivo de sua fé. Agora ele não acreditava em nada, exceto na necessidade urgente de conseguir a ajuda de que Sarah precisava.

"Devo cuidar de minha esposa."

Sem dizer outra palavra ou um olhar para trás, ele pegou Sarah no colo e a carregou para fora da igreja.

CAPÍTULO DEZOITO

Arthur estava esperando no portão do cemitério e juntos levaram Sarah de volta ao antigo mas prático Volvo Estate do caseiro da igreja, que estava estacionado no entroncamento no bosque de Walden.

Eles colocaram Sarah gentilmente no banco de trás e a cobriram com a capa de Paul e um cobertor que Arthur havia trazido. Quando ele estava prestes a se sentar no banco do passageiro, Paul percebeu que algo havia mudado. Ele não conseguia ver muito da floresta ao seu redor ao luar, mas sentia que a atmosfera era muito menos opressiva. As árvores que ele conseguia distinguir, carvalhos gigantes e castanhas-da-índia, não pareciam nem um pouco sinistras ou ameaçadoras. A influência de Walden já havia começado a desaparecer.

"Obrigado por ter vindo, Arthur", disse Paul. "Eu nunca teria conseguido de outra forma. Eu nem tenho mais um carro."

"Eu estava preocupado com você, sozinho aqui e sem amigos", Arthur respondeu. "Você não teria muito apoio de Dodds."

"Você está certo nisso", concordou Paul. "Não há mais

humanidade nele do que uma árvore na terra ou uma nuvem no céu."

Ele percebeu com um choque que estava citando Olwen Williams. Quanto de seu mundo ele absorveu? Talvez a influência de Walden fosse mais abrangente do que ele pensava...

Enquanto voltavam para Low Moor, Arthur se perguntou o que estaria acontecendo na igreja de St. Martin.

"Você acha que Dodds e seus capangas vão ferir aquele povo pagão da aldeia, Paul? Quero dizer, aqueles monges estão armados. Eles podem fazer o que quiserem com os habitantes locais."

"Dodds uma vez me disse que era um recuperador de almas", Paul respondeu. "Imagino que seja isso que ele tentará fazer. Acho que até ele já viu violência suficiente por uma noite."

"Haverá paz? Poderia ao menos haver uma congregação da igreja?"

Paul balançou a cabeça. "Não tenho uma bola de cristal, Arthur. Nem quero uma! Mas acho que será necessário um vigário formidável para levar alguém de volta à igreja." Ele omitiu acrescentar que o vigário em questão não seria ele mesmo.

* * *

No quarto de hóspedes da cabana dos caseiros da igreja, o sol do outono entrava pelas cortinas fechadas com estampas de flores. Sarah estava dormindo em uma cama de solteiro. Ela parecia muito pálida. As sombras escuras das flores que brincavam sobre a cama a faziam parecer ainda mais pálida. Paul e Beryl sentaram-se em lados opostos da cama.

Paul segurou a mão de Sarah. "Falei com ela de novo esta manhã. E percebi que a mão dela parecia ter mais calor."

"Isso é um bom sinal, mas ela ainda está muito frágil", disse Beryl calmamente. "A alma dela foi profundamente ferida. Pode levar muito tempo para ela superar isso."

Ele acenou com a cabeça concordando, parecendo resignado. "Para ser honesto, eu me pergunto se algum dia ela irá superar. Mas fiz alguns progressos nas minhas pesquisas sobre cuidados especializados."

Beryl parecia surpresa. "Eu pensei que você não teria tempo para psiquiatras?"

"Eu não tenho." Ele fez uma careta. "A maioria deles são ateus. Tenho que ir mais fundo. Tenho que encontrar pessoas com uma tradição de conhecimento especializado. Não sabemos o suficiente sobre esses assuntos na Inglaterra hoje. Mas acho que posso ter feito contato com pessoas que sabem."

Ela lançou-lhe um olhar indagador, mas ele não entrou em detalhes.

"Eu te aviso quando eu descobrir um pouco mais." Ele sorriu com tristeza. "Por enquanto, tudo o que podemos fazer é manter a vigília e tentar impedir que ela se afaste de nós. Precisamos falar com ela, mesmo que ela pareça não nos ouvir."

* * *

Paul se juntou a Arthur no jardim do vicariato enquanto Beryl se sentava com Sarah. Arthur tinha acendido o fogo em um velho baú escolar de metal deixado por um vigário que havia falecido há muito tempo. Ele começou a usá-lo como um incinerador. Juntos, eles queimaram as pinturas de Olwen, tanto as do vicariato quanto as de Sarah como a Guardiã que Paul havia removido da casa de Olwen. Na companhia de meia dúzia de monges bem armados, eles haviam levado as pinturas de todos os Guardiões de Walden, para serem guardadas em um depósito seguro no Instituto geomântico de Dodds.

"É a melhor fogueira que já fiz", comentou Arthur, quando a

última das pinturas foi consumida pelas chamas e os gritos dos demônios em chamas se dissiparam.

"O que você vai fazer agora?" Paul perguntou. "Vai ficar para ajudar o novo vigário? Tenho certeza que você já percebeu que não serei eu."

Arthur balançou a cabeça. "Faltam apenas algumas semanas para a aposentadoria. Esta guerra esgotou mais Beryl e eu do que imaginávamos. Vamos voltar para nossa cidade natal, eu acho. Temos uma casa lá que foi alugada nesses últimos trinta anos. Meu ato final como caseiro da igreja será dar o registro dos ocupantes anteriores ao bispo." Ele hesitou, sem saber se deveria perguntar. "E você, Paul? Você realmente acha que tem um futuro fora da igreja?"

"Não tenho dúvidas sobre isso. Preciso ficar livre de todas as restrições religiosas. Vou ficar com meus pais em Oxford por um tempo, até que algo surja." Ele sentiu que era inapropriado dizer mais. Afinal, seus planos estavam longe de serem finalizados.

"Sarah vai se juntar a você quando ela estiver melhor?"

Pobre Arthur, Paul pensou. Ele não podia enfrentar o fato de que Sarah talvez nunca poderia se recuperar. Mas teria sido cruel colocar esses sentimentos em palavras.

"Isso vai depender de Sarah. Eu não vou colocá-la sob qualquer pressão. Ela já suportou muito."

Quando o fogo se extinguiu, Paul deixou Arthur remexer nos últimos fragmentos fumegantes. Ele tinha muito em que pensar, nada de que pudesse falar até chegar a Oxford.

Ele já estava ciente de que as decisões que tomaria de agora em diante afetariam apenas a si mesmo. Ele estava se preparando para levar Sarah para o melhor lugar que pudesse encontrar para ela. Era um sanatório nas montanhas italianas administrado por freiras católicas de uma ordem especializada no tratamento de traumas espirituais, desde ataques psíquicos a casos de possessão violenta. Ele não havia falado com elas sobre Guardiões ou deslocadores de almas, dizendo simplesmente que sua esposa tinha sido vítima de vários estados de possessão diabólica.

Desde que tomou conhecimento do plano geomântico de James West e do conteúdo revelador do gabinete de Dodds, um sentimento crescente de urgência o dominou. Ele percebeu que uma longa conversa com alguns amigos intelectuais de seus pais era imperativa.

Qual seria o resultado, ele não fazia ideia. Mas a conversa tinha que vir primeiro e então, possivelmente, um curso de ação. Mas ele sabia com certeza absoluta que um país nas mãos de um Julius Dodds ou de uma Olwen Williams não era um bom lugar para se estar. Já era ruim o suficiente, com preocupações sobre a segurança nacional erodindo as liberdades pessoais, para não mencionar o aumento do nacionalismo em toda a Europa.

Ele pegou emprestado o Volvo de Arthur e dirigiu até Walden para o que ele esperava que fosse a última vez. Para seu grande aborrecimento, ele encontrou o Reverendo Dodds no portão do cemitério de St. Martin. Quatro monges armados o acompanhavam.

"Bom dia para você, Paul", entoou Dodds. "O ar aqui está muito mais doce do que costumava ser, você não acha?"

"Ainda está caçando deslocadores de almas, Julius?" Paul perguntou. "Houve muitos que escaparam de nós?"

"Chegamos ao fim deles, eu acho. Só estou me certificando de que não haja ninguém se escondendo por aqui, procurando uma maneira de retornar ao Outro Mundo."

Paul estava na metade do caminho do cemitério quando ouviu Dodds se dirigir a ele novamente.

"Estou pensando em realizar cultos ao ar livre aqui na primavera, uma vez que o lugar tenha sido completamente exorcizado. Posso trazer fiéis de fora da área. A novidade pode atraí-los." Não recebendo resposta de Paul, ele acrescentou:

"Vou seguir para outros portais em potencial no próximo ano. Eu me pergunto se posso mandar chamá-lo se tiver problemas."

Paul se virou e lançou-lhe um olhar fulminante. "Tenho apenas uma esposa, Julius. Minha responsabilidade para com Sarah vem em primeiro lugar. Achei que você pudesse ter percebido isso. De qualquer forma, no Natal eu nem mesmo serei um vigário. Você receberá minha carta de demissão nos próximos dias."

"Você não precisa ser um oficial da igreja cristã para lutar contra demônios", respondeu Dodds. "Você só tem que ser o homem que você já é."

"Vou ter que pensar sobre isso", respondeu Paul. "Mas isso está muito longe de ser um 'sim'."

* * *

Ele ficou parado por um tempo olhando para as cabeças esculpidas no arco da torre. Era quase impossível acreditar que eles haviam sido o foco de rituais tão sombrios e misteriosos como ele havia testemunhado.

Seria este o confronto final, ele se perguntou? Ou foi apenas um ensaio geral para muitas dessas futuras "guerras"? A luta pelo controle espiritual e temporal acabaria?

Ele percebeu que Julius Dodds teve a oportunidade de remover as cabeças e se perguntou se faria isso. Sem a feiticeira e uma comunidade pagã de apoio, as cabeças não tinham poder ou propósito. Ele ficou surpreso que os monges de Dodds ainda não as tivessem transformado em pó.

Ele se perguntou se Dodds gostaria de usar o portal para aumentar seu poder pessoal. Mas ele descartou a ideia como sendo absurda. Certamente o homem não ficaria tentado a ser tão insanamente imprudente...

As cabeças naquela tarde de outono pareciam vagamente sinistras, mas seu potencial como portais do Outro Mundo estava escondido daqueles que não possuíam nenhum conhecimento arcano. Eles eram meras curiosidades arcaicas, atraindo gente como Joan Preston para refletir sobre a rica estranheza dos antigos tempos pagãos.

Sim, ele pensou enquanto se virava para sair, há muito o que discutir com o círculo de meus pais. Ele só esperava estar falando com mentes receptivas. Ele podia falar com autoridade porque tinha vivido as situações que iria apresentar a eles...

Despercebido por Paul, no padrão de líquen da parede da nave, o simulacro tripartido de Olwen Williams pareceu mexer-se por um momento, como se o observasse partir.

Caro leitor,

Esperamos que você tenha gostado de ler *O Guardião*. Reserve um momento para deixar uma crítica, mesmo que curta. A sua opinião é importante para nós.

Atenciosamente,

Ian Taylor & Rosi Taylor e Next Chapter Team

O Guardião
ISBN: 978-4-82410-620-9

Publicado por
Next Chapter
1-60-20 Minami-Otsuka
170-0005 Toshima-Ku, Tokyo
+818035793528

15 setembro 2021